Finale in Rahlstedt

Ein Polit-Krimi

Hans Garbaden

Finale in Rahlstedt

Ein Polit-Krimi

Alle Rechte am Text, insbesondere für Aufführungen, Sendungen, Bearbeitungen für Bühne, Hörfunk, Film und Fernsehen, beim Autor.

Coverdesign: Manfred Deul
Lektorat: Dorothea Jungk

Bibliografische Information der Deutschen Nationalbibliothek:
Die Deutsche Nationalbibliothek verzeichnet diese Publikation in der Deutschen Nationalbibliografie; detaillierte bibliografische Daten sind im Internet über http://dnb.dnb.de abrufbar.

© 2017 Hans Garbaden
Herstellung und Verlag: BoD – Books on Demand, Norderstedt

ISBN 978-3-7431-7248-7

Nach einer Episode als Schiffsjunge auf einem Stückgut-Frachter des Norddeutschen Lloyd machte Hans Garbaden eine Schriftsetzerlehre. Daneben nahm er Schauspielunterricht an der Niederdeutschen Bühne in Bremen. Ein Fachstudium zum Werbekaufmann in Berlin schloss sich an. Nach 17 Jahren in der Marketingabteilung einer Bremer Brauerei und zehn Jahren Tätigkeiten in internationalen Werbeagenturen in Hamburg wechselte er als Darsteller vor die Kamera. Seit 1997 in über 700 Film- und Fernsehproduktionen war Hans Garbaden als Episoden- und Nebendarsteller im Einsatz. Seit 1998 hat er als freier Mitarbeiter beim NDR in über 350 Sendungen wie „Aufgepasst, Gefahr!", „Dennis & Jesko", „DAS!" und „Extra 3" als Darsteller mitgewirkt. Seit 2003 schreibt Hans Garbaden Kriminalromane, in die er seine Erlebnisse vom Set einfließen lässt.. Bei BoD erschienen bisher: **„Was geschah auf dem Priwall?"**, Ein Politkrimi aus Travemünde / **„Mord & Totschlag"**, Kurzkrimis vom Feinsten / **„Es geschah im Wandsbeker Gehölz"**, Ein Marienthal-Krimi

www.hansgarbaden.de

Seamos realistas y
Hagamos lo
imposible

Seien wir realistisch,
versuchen wir das
Unmögliche

Ernesto Rafael „Che" Guevara

OST-BERLIN 10/1989

Es war ein sehr warmer Frühlingstag, als das Kind in der Klinik in Friedrichshain zur Welt kam.

„Gratulation, ein strammer Junge, ein Sonnenkind", sagte die sympathische Hebamme und legte der Mutter ihr Kind in die Arme. Sie zog die Vorhänge auf. Sie schützten die junge Mutter während der Geburt vor den Strahlen der Sonne, die schon den ganzen Tag vom wolkenlosen Himmel schien.

Katja Krüger war glücklich. Sie hatte sich das Kind so sehr gewünscht.

„Ja, ein Sonnenkind", meinte sie und streichelte eine Wange ihres ersten Kindes, an dem sie den leicht braunen Teint seines Vaters erkannte.

Nachdem ihr die Hebamme den Neugeborenen aus den Armen genommen hatte, um es auf die Säuglingsstation zu bringen, zog Katja aus der Schublade des kleinen Beistelltisches ihr Tagebuch heraus. Sie wollte die noch frische Erinnerung an die Geburt ihres Kindes notieren.

Katja tat sich schwer damit. Sie war zwar froh über die komplikationslose Geburt des Jungen, aber ihre Gedanken schweiften ab zu Roberto, dem Vater des Jungen. Roberto, der im Rahmen eines Kulturaustausches zwischen den sozialistischen Bruderstaaten der Deutschen Demokratischen Republik und Kuba zwei Semester an der Humboldt Universität im Ostteil Berlins auf Lehramt studiert hatte. Vor drei Monaten war er nach Kuba zurückgekehrt. Gründe hatte er nicht genannt. Es hing sicher mit den politischen Veränderungen zusammen, die sich seit einigen Monaten in den sozialistischen Ländern abzeichneten.

Sie blätterte in ihrem Tagebuch und fand die Eintragung über die Trennung:

„**Ich bin bestürzt, dass Roberto nach Kuba zurück beordert wurde. Warum? Wir lieben uns doch. Er sagte nur, dass er mich nicht freiwillig verlässt, sondern dazu gezwungen wird. Er liebt mich auch und es wird ein Wiedersehen geben, sagte er. Daran habe ich keinen Zweifel. Nur wann? Mit meiner Schwangerschaft wollte ich ihn überraschen. Aber es kam nicht mehr zu diesem Treffen."**

Ein paar Seiten weiter las sie die Eintragung:

„**Auch mein neuer Antrag auf eine Ausreise nach Kuba wurde wieder ohne klare Begründung abgelehnt. Von meiner Freundin Angelika, die im**

MfS arbeitet, habe ich erfahren, dass es eine Anordnung von ganz oben sein muss. Post von Roberto habe ich auch noch nicht bekommen. Und ob meine Briefe ihn erreicht haben, weiß ich nicht. Vater, der durch seine Position sicher etwas über die Gründe für Roberts Ausreise in Erfahrung bringen könnte, beantwortet meine Fragen mit Hinweis auf seine Schweigepflicht nicht."

Sie dachte an ihren Vater, der jetzt Großvater geworden war. Er billigte ihre Verbindung mit Roberto nicht. Als er erfuhr, dass sie von ihm ein Kind erwartete, war er außer sich vor Wut gewesen, und es ergab sich im Haus ihrer Eltern nach dem Frühstück ein heftiger Wortwechsel zwischen ihnen.

„Ein Balg von einem Schwarzen werde ich nie akzeptieren. Du wirst das Kind abtreiben lassen!"

„Erstens ist Roberto kein Schwarzer, sondern ein Mensch mit einer leichten Brauntönung, und auch wenn er pechschwarz wäre, würde ich ihn genau so lieben. Und zweitens musst du nicht mit dem Kind leben. Es wird mein Kind sein, und ich werde mit ihm glücklich. Ich werde dieses Kind bekommen!"

Jetzt mischte sich auch ihre sonst so zurückhaltende Mutter Renate in den heftigen Disput ein: „Wie willst du denn mit deinem Kind glücklich werden? Du bist berufstätig, und ich kann mich wegen meiner angegriffenen Gesundheit nicht um das Kind kümmern."

„Das Kind muss weg", beendete Hermann Krüger die Diskussion. „Ich habe jetzt keine Zeit für überflüssiges Gerede. Ich bin in dieser Zeit, in der es um die Zukunft unserer Demokratischen Republik geht, verstärkt in meine Pflichten in Beruf und Partei eingebunden."
Die trotzige Erwiderung seiner Tochter Katja hörte Hermann Krüger nicht mehr: „Ja, ja. Deine Deutsche Demokratische Republik. Eine der wenigen guten Errungenschaften in dieser Republik sind die Kinderkrippen. Da wird mein Kind, dein Enkel, gut aufgehoben sein."
Am nächsten Tag sorgte Hermann Krüger wieder wegen des noch nicht geborenen Kindes für Streit.
„Ja, ich muss zugeben, dass dein Freund Roberto mit seiner Hautfarbe und seinem Aussehen sehr attraktiv wirkt. Aber was ist, wenn sich die Gene seiner Sklaven-Großeltern durchsetzen? Das möchte ich nicht erleben. Diese Menschen wurden doch noch im afrikanischen Busch geboren. Erst Ende des 20. Jahrhunderts wurde die Sklaverei in Kuba abgeschafft, aber der illegale Handel mit Menschen aus Afrika lief noch Jahrzehnte weiter. Ein für allemal: Das Kind wird abgetrieben!"
Jetzt war es Katja, die wütend wurde.
„Gleichheit, Brüderlichkeit, das waren doch auch die Ziele, die mit der Gründung eurer Partei auf die Fahnen geschrieben wurden. Liebknecht, Thälmann, Rosa Luxemburg und deine anderen Genossen drehen

sich doch im Grabe um, wenn sie den Unsinn hören könnten, den du von dir gibst."

Hermann Krüger ging in den Flur und nahm seinen Hut vom Garderobenständer.

„Ich habe dir meine Entscheidung mitgeteilt. Das Kind muss weg. Es gibt jetzt wichtigere Dinge zu regeln. Ich muss zu einer Sitzung ins Politbüro. Es gärt doch in der ganzen Republik Da braut sich etwas zusammen. Das Volk scheint verrückt zu spielen."

Er rief seiner Frau, die bettlägerig die Tage im oben gelegenen Zimmer verbrachte, einen Gruß hinauf.

„Ich gehe jetzt. Unsere Sitzung wird sicher bis in die späte Nacht oder den frühen Morgen dauern. Ich werde mich anschließend eine Stunde im Büro aufs Ohr legen und morgen nach Feierabend zurückkommen."

* * *

Katja blätterte in ihrem Tagebuch bis zur ersten freien Seite, nahm ihren Stift und schrieb:

„Mein Kind ist pünktlich zur Welt gekommen. Ein Junge! Ich habe es immer vermutet. Sicher wird er auch so attraktiv wie sein Vater. Roberto junior soll er heißen. Wäre es ein Mädchen geworden, hätte es den Namen Roberta erhalten."

Katja grübelte einige Minuten, bevor sie weiter schrieb:

„Große Sorgen mache ich mir über die Einstellung meines Vaters. Er ist ein übler Rassist und will diesen Enkel nicht. Seinen Wunsch, nein, seinen Befehl, das Kind abtreiben zu lassen, habe ich nicht befolgt. Durch seine Position im Ministerium für Staatssicherheit hat er sicher alle Möglichkeiten, dafür zu sorgen, dass ich mit dem Kind Probleme bekomme. Ich weiß, dass Kinder von systemkritischen Eltern an linientreue Genossen zur Adoption vermittelt werden. Und ich weiß auch, dass es für ihn Möglichkeiten gibt, Menschen ganz einfach verschwinden zu lassen."

* * *

Hermann Krüger fuhr zu keiner Sitzung der Partei, sondern nach Berlin-Lichtenberg, in sein Büro im Ministerium für Staatssicherheit.

Von seiner Sekretärin Rosi Peschke war alles vorbereitet worden. Die drall geformte Frau mit ihren aufgeworfenen, stark geschminkten Lippen und der sehr eng sitzenden Kleidung entsprach nicht gerade dem sozialistischen Frauenideal.

Auf der Liege in einer Ecke seines Büros lagen ein jägergrünes Hemd, ein farblich passender Anzug und Socken. Obenauf lag der grüne Jägerhut mit dem Dachspinsel. Die vor der Liege stehenden derben Stiefel vervollständigten die Jagdmontur. Sein Jagdgewehr, eine Repetierbüchse, lehnte an der Wand.

Hermann Krüger warf seinen grauen Schlapphut, seine graue Krawatte und sein graues Hemd auf die Liege und zog seinen grauen Anzug aus.

Als er zum Jagdanzug griff, umarmte ihn Rosi Peschke von hinten und flüsterte ihm ins Ohr: „Hat mein großer Nimrod nicht noch etwas Zeit für mich?"

Hermann Krüger wehrte ab: „Lass das jetzt. Du weißt doch, dass ich in einer Stunde in der Schorfheide in Brandenburg sein muss. Ich kann doch Erich und die anderen hohen Tiere nicht warten lassen. Außerdem muss ich vor der Jagd, wenn alle noch nüchtern sind, mit Ivan vom KGB etwas besprechen. Auf dem letzten deutsch-sowjetischen Freundschaftsfest habe ich den Eindruck gewonnen, dass Ivan jemanden in seinen Reihen hat, der eine ganz spezielle Aufgabe für mich übernehmen kann."

Schnell schlüpfte er in seine Jagdkleidung.

Rosi gab noch nicht auf: „Wir könnten doch ganz schnell machen."

Hermann Krüger wurde ungehalten: „Nicht jetzt, ruf die Fahrbereitschaft", blaffte er seine Sekretärin an.

Mit beleidigter Miene griff Rosi Peschke zum schwarzen Bakelit-Telefon und wählte.

Während der Fahrt nach Brandenburg kam Hermann Krüger, der im Fond des grauen Wartburg saß, ins Grübeln. Eigentlich ein Unding von der Parteileitung, jetzt, in einer Zeit, in der die ganze Republik auf der Kippe stand, noch eine große Jagdveranstaltung zu inszenieren. Aber die Weichen dafür waren auf dem deutsch-sowjetischen Freundschaftsfest bereits gestellt worden. Außerdem wollte Erich diesmal unbedingt den Sechzehnender aus dem Revier erlegen. Alle Parteispitzen waren eingeladen. Die Feier nach dem Halali mit kubanischem Rum, Sekt von der Krim und russischem Wodka ließ sich niemand entgehen. Und die jungen Gespielinnen, die zu solchen Anlässen regelmäßig dabei waren, versprachen, dass es ein schöner Tag und eine noch bessere Nacht würden. Aber er dachte vor allem an den roten Sascha, der ihm von Ivan Kovalenko wärmstens für die vorgesehene Aufgabe empfohlen worden war. Vielleicht etwas zu jung und unerfahren, aber dafür umso kaltblütiger und kompromissloser. Bei seinen Einsätzen für Aufgaben des KGB in der DDR hatte er das schon mehrfach bewiesen.

Auf dem Vorplatz der Jagdhütte in der Schorfheide herrschte schon lebhaftes Treiben. Begrüßungsumarmungen, deutsche und russische Sprachfetzen und Gelächter bestimmten das Bild.

Ladas, Wolgas, Moskowitschs und Volvos, die Fahrzeuge der Jagdteilnehmer, parkten auf einer etwas abseits gelegenen kurz gemähten Wiese.

Als Hermann Krüger gerade einen Begrüßungswodka von einer attraktiven Hostess serviert bekam, schlug ihm von hinten jemand kräftig auf die Schulter und ein dröhnender Bass ertönte: „Dobry den, Genosse Hermann."
Krüger drehte sich um: „Dobry den, Genosse Ivan." Der schnauzbärtige, groß gewachsene und schwergewichtige Kovalenko ließ sich auch einen Wodka geben.
„Nastrowje Genosse Hermann."
Beide hoben das Glas und tranken.
„Was willst du heute schießen, Gospodin?", fragte der Russe. „Einen Schwarzkittel oder einen Sechzehnender?"
Hermann Krüger stellte sein Wodkaglas weg.
„Eher einen Schwarzkittel. Der Sechzehnender ist für Erich reserviert. Er ist schon etwas lahm. Das Tier meine ich. Wenn wir ihm den Sechzehnender heute irgendwie vor die Büchse treiben können, kann er sich hinterher mit dem Jagderfolg schmücken.
Ivan Kovalenko lachte dröhnend. „Ja, der Genosse Erich. Der hat sicher genug damit zu tun, die vom Genossen Gorbatschow eingeleitete Perestroika zu verdauen."
Krüger ließ von der vorbeigehenden Hostess die Wodkagläser füllen und blickte Ivan Kovalenko an.
„Was ist mit deinem Zögling Sascha? Hast du ihn mitgebracht?"
„Ja sicher. Ich bringe euch gleich zusammen. Um wen geht es dabei eigentlich?"

Hermann Krüger kippte seinen Wodka und zog den Russen in eine stillere Ecke des Hauses. „Es handelt sich um meine nicht linientreue Tochter. Sie hat sich von einem Neger, na ja, nicht tief schwarz, ein Kind machen lassen. Das muss weg. Am besten gleich nach der Geburt. Und ich will ihr Tagebuch haben. Da stehen mit Sicherheit Dinge drin, die mich erheblich belasten könnten. Wir müssen doch vorsorgen. Wer weiß, wie es mit dem Glasnost von Michail Gorbatschow weiter geht?"

Ivan Kovalenko schlug Hermann Krüger mit seiner rechten Pranke auf die Schulter: „Kein Problem, Genosse Hermann. Für den roten Sascha wird das ein Kinderspiel. Übrigens hat er diesen Spitznamen nicht wegen seiner roten Gesinnung, die haben wir doch alle. Nein, Genosse Hermann, seinen Spitznamen hat er wegen seiner schönen roten Haare."

In diesem Moment ertönte das Jagdhornsignal, das den Beginn der Jagd ankündigte.

WEST-BERLIN 5/2006

Es war nur eine kleine Abiturfeier. Karl und Henriette Wagner gratulierten ihrem Sohn Robert noch einmal. Im Wohnzimmer der Wagners in der kleinbürgerlich eingerichteten Wohnung in Friedenau duftete es nach Kuchen. Roberts Mutter stellte sein Lieblingsgebäck auf den Tisch. Vater Karl Wagner war als Werkmeister einer Maschinenfabrik erst vor einigen Wochen in Altersrente gegangen. Mutter Henriette arbeitete als Verkäuferin. Das Bekleidungshaus in Steglitz hatte Konkurs anmelden müssen. Nach dem Auslaufen des Konkursausfallgeldes ging sie in den vorgezogenen Ruhestand. In der letzten Zeit kümmerte sie sich nur noch um den Haushalt und das Wohlergehen ihres Mannes und des Sohnes.

Als Henriette Wagner den Rest des Kuchens und das Geschirr in die Küche brachte, rief Karl Wagner ihr nach: „Bring doch mal die Flasche und zwei Gläser mit."

Als die Flasche Doppelkorn und zwei Gläser auf dem Tisch standen, räusperte sich Karl Wagner und blickte seinen Sohn an.

„Ich weiß, dass du keinen Alkohol trinkst, und ich gönne mir nur mal nach einem üppigen Essen ein Glas."

Karl Wagner fiel es sichtbar schwer, das zu sagen, was heute endlich gesagt werden musste. Nach einer kleinen Pause fing er an zu sprechen.

„Vielleicht brauchen wir heute beide ein Glas. Ein Glas ist Medizin."

Robert sah seinen Vater mit großen Augen an und sagte nichts.

Karl Wagner räusperte sich noch einmal. Dem etwas bieder und schwerfällig wirkenden Mann bereitete es große Probleme, die richtigen Worte zu finden.

„Also, deine Mutter und ich lebten früher im sozialistischen Teil Berlins. Wir glaubten, dass wir nach den Verbrechen der Nazis im besseren Deutschland wohnten. Ich wollte helfen, das neue Deutschland aufzubauen."

Robert blickte seinen Vater immer noch mit großen Augen an.

Karl Wagner schenkte sich einen Schnaps ein und sprach weiter.

„Dass alles so gründlich aus dem Ruder lief, habe ich nicht gewollt. Das musst du mir glauben. Mutter und ich, wir konnten keine Kinder bekommen. Als damals die Chance bestand, aus den Kinderkrippen in

Ostberlin ein Kind zu adoptieren, haben wir das gemacht. Es war die letzte Chance. Deine Mutter wünschte sich so sehr ein Kind. Unmittelbar nach dem Fall der Mauer sind wir dann mit dem Baby, also mit dir, in den Westteil der Stadt hier nach Friedenau gezogen."

Karl Wagner atmete tief durch. Eine so lange Rede war ihm schon lange nicht mehr über die Lippen gekommen.

Henriette Wagner, die bisher schweigsam am Tisch gesessen hatte, liefen Tränen die Wangen hinunter und sie griff zu einem Taschentuch in ihrer bunten Kittelschürze. Schniefend trocknete sie ihre Tränen und putzte sich die Nase.

Robert blieb ruhig. Er hatte in den letzten Jahren gespürt, dass er so ganz anders als seine Eltern war. Auch äußerlich mit seiner leicht braunen Hautfarbe, die bei Klassenkameraden schon mal zu Bemerkungen führten.

„Du hast wohl eine sehr starke Nachttischlampe" oder „Na, schon wieder auf der Sonnenbank übernachtet", waren noch die harmlosesten.

Während der Kindheit antwortete seine Mutter einmal auf eine Frage von ihm: „Das ist nur eine Laune der Natur und hat etwas mit den Pigmenten zu tun. Manche Menschen sind heller, andere etwas dunkler."

An diesen Satz erinnerte er sich immer, wenn Menschen Bemerkungen über seinen Teint machten. Roberts ganze Kindheit war glücklich verlaufen, die

Schulzeit brachte er bis zum Abitur ohne Probleme hinter sich. In seiner Freizeit spielte er in einer Mannschaft von Hertha Zehlendorf Fußball oder er tummelte sich im Sommer mit Freunden am oder im Schlachtensee und Wannsee.

Robert blickte von seiner Mutter zu seinem Vater.

„Was ist mit meinen biologischen Eltern?"

Karl Wagner schob die Schnapsflasche auf dem Tisch von sich weg, ehe er jetzt schon etwas flüssiger antwortete:

„Die Krippe der elternlosen Kinder befand sich im Ostteil Berlins, in Friedrichshain. Dort gab es keine Unterlagen über die Herkunft der Kinder. In den ersten Monaten nach der Wende ging es in den Behörden im Ostteil der Stadt drunter und drüber. Menschen stürmten die Ämter, Unterlagen wurden vernichtet oder gestohlen. Nichts lief drüben Ende des Jahres 1989, dem Jahr deiner Geburt, in geordneten Bahnen. Ab dem 9. November1989 wurde auch an den Berliner Grenzen nichts mehr kontrolliert."

Henriette Wagner kamen wieder die Tränen.

„Wir waren dir doch immer sehr gute Eltern", schluchzte sie und trocknete ihre Tränen.

Karl Wagner zog die Schnapsflasche zu sich heran. Nachdem Henriette Wagner ihre Fassung wieder gewonnen hatte, blickte sie Robert an.

„Nur dein Vorname war bekannt: Robert. Ich finde, dass es ein schöner Name ist. Und Robert Wagner gefiel mir besonders gut. Wir bekamen doch damals unseren ersten Fernseher. Mein Lieblingsschauspieler in den amerikanischen Filmen war Robert Wagner. Und für eine Namensänderung sahen wir keinen Grund."

Henriette Wagner sah ihren Mann an. „Der Schauspieler lebt doch noch. Er müsste jetzt in deinem Alter sein. Vielleicht ist er mit dir verwandt. Ist irgendein Mann aus deiner Familie mal nach Amerika ausgewandert?"

Karl Wagner wirkte jetzt etwas ungehalten: „Ach was, Henriette. Nun mach aber mal einen Punkt. Wagners gibt es so viele. Das ist doch kein Name, sondern wie Meier, Müller oder auch Schulze eine Massenbezeichnung."

Robert wunderte sich nicht über die Äußerungen seiner Mutter. Sie war in letzter Zeit etwas wunderlich geworden. Er war froh, dass jetzt ausgesprochen worden war, was längst hätte gesagt sein sollen. Er wollte seinen Eltern keinen Vorwurf machen. Es waren einfache Leute, die ihm eine wunderbare Kindheit ermöglicht hatten. Aber so ganz ohne noch einmal nachzuhaken konnte er nicht zur Kenntnis nehmen, was sein Vater ihm berichtet hatte.

„Warum habt Ihr mir die Adoption erst jetzt und nicht schon früher gebeichtet?", fragte Robert seinen Vater.

„Gebeichtet?" Karl Wagner zog das Wort in die Länge. „Wir haben doch nichts Unrechtes getan, was wir hätten beichten müssen."

Robert gab seinem Vater in diesem Punkt Recht.

„Entschuldige. Beichten war nicht das richtige Wort. Aber dass ich ein Adoptivkind bin, hättet Ihr mir schon früher erzählen können. Ich bin doch schon länger kein Kind mehr."

„Das stimmt, mein Junge", gab Karl Wagner zu. „Deine Mutter und ich haben in der Vergangenheit, oft in schlaflosen Nächten, darüber gesprochen. Es ergab sich für uns nie der richtige Zeitpunkt, und wir haben es immer wieder verschoben. Schließlich haben wir uns darauf geeinigt, es dir nach dem Abitur zu erzählen."

Robert merkte, dass eine weitere Diskussion über dieses Thema nichts bringen würde. Seine Gedanken gingen zurück in seine Schulzeit.

Er war in seinen letzten Schuljahren vor dem Abitur sehr zielstrebig gewesen, ohne in der Klasse als Sonderling oder typischer Streber zu gelten. Er verstand sich mit seinen Mitschülern sehr gut und war mit einigen von ihnen über den Schulalltag hinaus befreundet. Er wusste nur genau, was er nach dem Abitur wollte. Nicht wie einige seiner Klassenkameraden „erst einmal durch Europa trampen" oder „eine Auszeit nehmen". Nein, Robert wollte zur See fahren. Er hatte sich bereits gründlich informiert. Auf dem Segelschulschiff „Gorch Fock" wollte er als Kadett anheuern, um später die Offizierslaufbahn einschlagen zu können.

Jetzt, nach der Erklärung seiner Eltern, hoffte er, dass der Abschied vom Elternhaus ihnen und auch ihm leichter fallen würde, und er erläuterte ihnen ausführlich seine Pläne.

„Zur See?", fragte seine Mutter. „Dann sehen wir dich doch kaum noch."

Karl Wagner beruhigte seine Frau: „Wenn Robert Landurlaub bekommt, wird er uns sicher besuchen. Der Junge wird seinen Weg gehen, und wir können und wollen ihn nicht davon abhalten."

Bei Henriette Wagner flossen jetzt ungehemmt die Tränen.

RAHLSTEDT 8/2016

Hermann Krüger verließ kurz vor Mitternacht das Etablissement „Aphrodite" und ging die zu dieser Nachtzeit wenig befahrene Rahlstedter Straße entlang. Er musste sich bemühen, aufrecht und gerade zu gehen. „Es waren doch ein paar Gläser zuviel", dachte er. Kurz vor dem Rahlstedt Center bog Krüger in die Amtsstraße ein. Er war in Gedanken bei seiner früheren Sekretärin Rosi Peschke, die ihm neben ihrer Sekretariatsarbeit im Ministerium für Staatssicherheit immer gern für kostenlose Dienste im Bett zur Verfügung gestanden hatte. Für diesen Bedarf, der wegen seines Alters nicht mehr so groß war, standen jetzt Nevenka, Lucy und andere Mädchen im „Aphrodite" bereit. Über den Verbleib von Rosi hatte er nie etwas in Erfahrung bringen können. Auch im FM war niemand darüber informiert, wohin sie nach der Wende verschwunden war. FM stand für Freundeskreis Ministerium für Staatssicherheit. Das Kürzel, das nur den Mitgliedern dieser privaten Vereinigung bekannt war, verwendeten sie untereinander bei regelmäßigen Treffen und anderen Aktivitäten. Viele waren durch ihre Vernetzung nach der Wiedervereinigung in gute berufliche Positionen gelangt. Von seinen 90.000 ehemaligen Kollegen saßen heute die jüngeren in zum Teil höchsten Ämtern in den neuen Bundesländern. Oft arbeiteten sie – wie er selbst -- auch in privaten Sicherheitsfirmen oder in der Abfallwirtschaft. Lange vor der Einführung der Wertstoffsammlung im wiedervereinten Deutschland gab es in der DDR bei der SERO ein solches gut funktionierendes System. Gedanken machte er sich aber auch über die 189.000 inoffiziellen Mitarbeiter und was aus ihnen geworden war.

Hermann Krüger lebte in Rahlstedt. Nach dem Zusammenbruch der Deutschen Demokratischen Republik war er nach Hamburg gekommen, um aus dem Dunstkreis der politisch belasteten Stasileute zu verschwinden. Ihm war klar, dass er selbst zum engen Kreis dieser Leute gehörte. Bis 1981 wurden neben Schwerverbrechern auch politische Häftlinge in der DDR hingerichtet. Erst in Leipzig und dann bei ihm im Ministerium für Staatssicherheit. Hermann Krüger erinnerte sich noch daran, dass sie räumlich nicht darauf eingerichtet waren. Die ersten Hinrichtungen mussten im Kinderzimmer des Hausmeisters vollstreckt werden.

Seine letzte Tätigkeit im Staatssicherheitsamt war die Entsorgung gewisser sensibler Daten gewesen. Er war dabei sehr gewissenhaft vorgegangen. Für Akten, die offiziell noch nicht geschlossen waren, wurde von ihm ein sicherer Aufbewahrungsort eingerichtet. Alles Gründe, sich schnellstens aus Berlin abzusetzen.

Von einem der alten Berliner Genossen aus Friedrichshain, auch ein FM-Angehöriger, der nach der Wende ein Sicherheitsunternehmen in Berlin gründete, war ihm der Aufbau einer Filiale dieser Securityfirma in Hamburg anvertraut worden. Als ehemaliger Stasimann schien er seinem Chef dafür prädestiniert zu sein.

Der Mann hatte sich nicht geirrt. Hermann Krüger gelang es, ein gut florierendes Unternehmen aufzubauen. Eine Zweizimmer-Wohnung in einem Mehrfamilienhaus in der Amtsstraße war damals schnell gefunden. Mehr benötigte er nicht. Seine seit längerer Zeit bettlägerige Frau überlebte die Wende nicht lange. Sein einziger lebender Verwandter war sein Enkel. Er hatte erfahren, dass er adoptiert worden war. Durch die Verbindungen seines Freundeskreises FM wäre er sicher an die Adresse herangekommen. Aber er wollte es nicht. Der rote Sascha hatte es damals vermasselt. Er war froh, dass er mit dem unerwünschten Balg nichts zu tun hatte. Seine Tochter Katja war unter nicht geklärten Umständen im Kindbett verstorben. Er sah keine Veranlassung dem nachzugehen.

„Jeder versuchte nach der Wende seinen Arsch an die Wand zu bekommen", wie er es einmal einem Mitarbeiter erklärte.

Hermann Krüger schaukelte in der nur von Straßenlaternen beleuchteten Amtsstraße an mehreren Stadtvillen auf großen Grundstücken vorbei. Vor einem Mehrfamilienhaus blieb er stehen. Er bemerkte, dass im zweiten Stock hinter zugezogenen Gardinen noch Licht brannte.

„Natürlich die Utzerats", dachte er. „Abends das Bett nicht finden und morgens mit dem Arsch nicht hochkommen."

Bevor er die Haustür aufschloss, blickte er im Vorgarten auf die Pflanzen in einem Terrakottatopf und dachte an das Schicksal des Mannes, der fast sein Schwiegersohn geworden wäre. So stark er den Kubaner auch hasste, an den Mojito, den der Mann bei einem Besuch in seinem Haus in Friedrichshain aus dem weißen kubanischen Rum und anderen Zutaten damals mixte, hatte er großen Gefallen gefunden. In seinem Garten war darauf hin von ihm ein kleines Beet für Pfefferminzpflanzen, die unabdingbar für den Mojito waren, angelegt worden. Durch seine Verbindungen zum kubanischen Bruderstaat war die Beschaffung des Rums für ihn in der DDR kein Problem gewesen. Die von ihm gehegten Minzepflanzen gediehen gut, und in Friedrichshain wurde der Mojito zu seinem Lieblingsgetränk. Auch ein Päckchen Cohibas, dem Exportschlager Kubas, war ihm von Roberto mitgebracht worden. Aber im

Gegensatz zu einigen Parteispitzen konnte er den Zigarren nichts abgewinnen und blieb bei seinen Zigarretten. In Rahlstedt wollte er nicht auf den Mojito verzichten. Auch wenn es ihm manchmal mit dem ganzen Procedere der Zubereitung zu lange dauerte, und er den Rum pur trank. Um jederzeit Minze ernten zu können, kaufte er den Terrakottatopf und bepflanzte ihn. Sehr zum Unwillen der anderen Hausbewohner stellte er den Topf neben der Haustür in den Vorgarten. Eine Forderung nach Entfernung ignorierte er. Mit Altersstarrsinn und seiner Blockwartmentalität setzte er sich durch. Der Topf blieb stehen.

Als er einmal vorsichtig und lautlos die Tür seiner Wohnung einen Spalt öffnete, um das Gespräch zweier Wohnungsnachbarn im Treppenhaus besser verstehen zu können, hörte er die Bemerkung eines Mitbewohners: „Den alten Suffkopp müssen wir im Sinne einer guten Nachbarschaft mit seinen Macken so akzeptieren wie er ist."

* * *

Robert Wagner verließ auf seinem Fahrrad das Gelände der Universität der Bundeswehr am Tor des Holstenhofweges. Es war kein chromglitzendes Superrad mit 28 Gängen. Er saß auf einem Gefährt, dass unter dem Begriff „Alter Drahtesel" lief. Robert fuhr rechter Hand bis zur Ahrensburger Straße, in die er nach rechts einbog. Ein kurzes Stück, dann fuhr er auf der Tonndorfer Hauptstraße und der Rahlstedter Straße entlang, bis er nach rechts in die Brockdorffstraße einbog.

In einer Altbau-Stadtvilla hatte er schon während seiner Ausbildung auf der Gorch Fock ein preiswertes Souterrainzimmer mit Bad und Miniküche gemietet. Für seine kurzen Landaufenthalte wollte er eine eigene Anlaufadresse haben.

Früher wohnte hier die Hauswirtschafterin der Familie, der das Haus gehörte.

„In den guten alten Zeiten", sagte die ältere Nachbarin, als sie ihm einmal von der Geschichte des Hauses erzählte.

Die Familie gab es schon lange nicht mehr. Von einem Investor war das Haus in mehrere Wohnungen aufgeteilt und einzeln zu überteuerten Preisen vermietet worden.

Robert Wagner hatte sich heute in der Uni für das nächste Semester eingeschrieben. Der Besuch der Helmut-Schmidt-Universität sollte der nächste Schritt auf seiner angestrebten Karriereleiter sein.

Die Kadettenzeit auf der Gorch Fock und der Besuch der Marineschule in Mürwik waren von ihm erfolgreich absolviert worden. Robert hatte dort eine allgemeine militärische, eine theoretische und eine praktische nautische Ausbildung erhalten.

Mit der Anmusterung auf der Gorch Fock funktionierte es nicht gleich. Da sich für das Ausbildungsschiff für Offiziers-- und Unteroffiziersanwärter mit bis zu 138 Lehrgangsteilnehmern mehr Bewerber interessierten, als es Ausbildungsplätze gab, musste Robert erst ein paar Jahre auf Handelsschiffen als Decksjunge und Jungmann fahren. Anschließend konnte er als Offiziersanwärter in Kiel, dem Heimathafen der Goch Fock, anmustern.

Die Zeit bei der Handelsschifffahrt nutzte er, um seine Spanischkenntnisse zu verbessern. In den Häfen der spanischsprachigen Länder konnte er sich inzwischen während der kurzen Liegezeiten perfekt mit den Einheimischen unterhalten.

Sowohl bei der Handelsschifffahrt als auch mit der Gorch Fock lernte er die Häfen Nord-, Süd- und Mittelamerikas, Ostasiens und in Nahost kennen.

Während der Jahre auf See war Robert zu einem kräftigen jungen Mann herangewachsen. Von Statur stärker geworden, mit den kurz geschnittenen dunklen Haaren, den blauen Augen seiner Mutter und dem olivfarbenen Hautton gab er eine ungewöhnlich sympathische Erscheinung ab.

Zu den Eltern in Friedenau war der Kontakt durch die langen Zeiten auf See immer seltener geworden. Bei seiner Mutter, die sich schon vor Jahren manchmal seltsam verhalten hatte, war vor längerer Zeit Altersdemenz diagnostiziert worden. Sein Vater kümmerte sich in der Wohnung um seine Frau.

Als Robert während einer längeren Liegezeit seines Schiffes in Hamburg die Reparatur einer Turbine überwachte, lernte er Imke Behrmann kennen.

Mit einem Kollegen überprüfte er den Fortgang der Arbeiten auf der Werft bei Blohm und Voss. Nach der Stippvisite in seiner Wohnung in der Brockdorffstraße trieb der Appetit nach einer Pizza sie in Richtung Rahlstedt Center. Sie entdeckten das Ristorante Ciao Bella am Boizenburger Weg. Beide entschieden sich für eine Pizza Frutti de Mare.

Am Nachbartisch unterhielt sich sehr lautstark eine kleine Gruppe junger Frauen. Aus Gesprächsfetzen wurde klar, dass es sich um das Abteilungsessen einer Firma handelte. Dabei warfen einige der Frauen nicht zu übersehende Blicke hinüber zu den beiden attraktiven Kadetten. Nachdem ihnen nach dem Dessert der Kellner mit einem „geht aufs Haus", den obligatorischen Grappa brachte, dauerte es nicht lange, und die beiden Freunde waren mit den kontaktfreudigen jungen Frauen im Gespräch.

Der aufmerksame Kellner stellte auf einen Wink der Wortführerin die beiden Tische zusammen, und sie orderte eine Runde Spirituosen nach Wunsch für die jetzt zusammen sitzende Gesellschaft.

Auf ihre Frage: „Was macht ihr denn so, wenn ihr nicht gerade italienisch essen geht?", erzählten Robert und Knut von ihren Erlebnissen auf See.

Sie schilderten ihre Abenteuer auf den Weltmeeren, den Fahrten durch die Stürme der Biskaya, von dem

Sturmtief in der Straße von Florida und dem Tornado auf dem Atlantik.

„Dem sind wir mit einem Mastbruch nur knapp entkommen", übertrieb Knut seine laut vorgetragenen Schilderungen.

Eine der Frauen, die sich als Maike vorstellte, war skeptisch: „Na hört mal, das klingt doch alles nach dickem Seemannsgarn."

Nach einer weiteren Runde, als die Stimmung ihren Höhepunkt erreichte, mahnte die Wortführerin zum Aufbruch: „Wenn es am Schönsten ist, soll man Schluss machen."

Die Zechen wurden bezahlt. Robert und Knut verließen mit der skeptischen Maike und einer der anderen jungen Frauen etwas abseits der Gruppe das Lokal.

Knut und Maike verabschiedeten sich, um noch irgendwo einen Absacker zu trinken.

Robert und die junge Frau blickten sich an.

„Imke." Die Blondine mit der Pferdeschwanzfrisur hielt Robert die Hand hin.

Während die Bekanntschaft zwischen seinem Freund Knut und Maike nur eine Episode blieb, wurde es bei Robert mehr: Er lernte Imke Behrmann kennen und lieben. Es traf sich gut, dass seine Kadettenzeit zu Ende ging und dass er sein Studium an der Helmut-Schmidt-Universität beginnen wollte.

Sie trafen sich jetzt regelmäßig. Imke Behrmann besaß eine Einliegerwohnung im Haus ihrer Eltern in der Buchwaldstraße. Sie arbeitete als Assistentin des

Geschäftsführers einer Immobilienfirma und zeigte sich als selbstbewusste junge Frau. Das Selbstbewusstsein hatte sie sich antrainiert, um sich im täglichen Arbeitsalltag auch mal gegen ihren autoritären Chef durchsetzen zu können.

Im Privatleben lernte Robert ihre andere Seite kennen. Ihm gegenüber zärtlich und liebevoll und mit Empathie für die im Leben zu kurz Gekommenen. So konnte sie nie an einem Bettler oder Straßenmusiker vorbeigehen, ohne ein paar Münzen in den Becher zu werfen. Auch ein Gespräch begann sie häufig mit diesen Leuten. Sie interessierte sich immer für das Schicksal der Menschen.

Gegenüber dem groß gewachsenen Robert wirkte sie mit ihrem gut proportionierten Körper zierlich. Ihre langen Haare trug sie oft zu einem Pferdeschwanz gebunden. In ihrer Freizeit kleidete sie sich leger.

Robert konnte Imke zu ihren Treffen in seiner noch studienfreien Zeit von ihrem Büro abholen. Sie gingen dann häufig ins Ciao Bella.

Sie fühlten sich wohl bei dem ausgezeichneten Essen in dem italienischen Restaurant am Rahlstedt Center. Anschließend machten sie Spaziergänge, die sie durch den Liliencronpark am Denkmal des Schriftstellers vorbei führten. Auf dem Rahlstedter Friedhof sahen sie sich das Grabmahl des Dichters an. Auch die Kirche aus dem 13. Jahrhundert in Alt-Rahlstedt zeigte die im Stadtteil geborene und aufgewachsene Imke Behrmann dem Neu-Rahlstedter.

Auffällig bei diesen Spaziergängen fand Robert die Häufigkeit der Kriegerdenkmäler aus den Kriegen 1870/71, 1914/18 und auch 1939/45. Sie riefen bei ihm eine leichte Verwunderung hervor. Eine etwas längere Exkursion führte sie in das ehemalige Truppenübungsgelände Höltigbaum. Es war jetzt als Naturschutzgebiet mit einer ganzjährig im Freien lebenden Rinderherde, Ziegen sowie Schafen besiedelt.

Sie kamen am Haus der wilden Weiden vorbei, und Imke erzählte von Ihrer Kindheit: „Das Militär war abgezogen, und das Gebiet war wegen noch nicht geborgener Übungsmunition gesperrt. Als Kinder haben wir uns nicht davon abhalten lassen, es als Abenteuerspielplatz zu nutzen. Durch das Gelände zu laufen galt als Mutprobe. In den ausgefahrenen Panzerspuren waren oft kleine Tümpel entstanden, in denen wir Molche fingen."

Robert erzählte Imke von seinen beruflichen Zielen. Kapitänleutnant wollte er werden. Vielleicht würde er es auch bis zum Stabskapitänleutnant schaffen. Auch von den langen Ausbildungsfahrten mit der als Bark getakelten Gorch Fock berichtete er ihr.

„Das prägt das Zusammengehörigkeitsgefühl und die Kameradschaft", meinte er. „Schade, dass es damit bald vorbei ist.

"Was ist vorbei?", fragte Imke.

„Da muss ich etwas ausholen. Die Gorch Fock lief 1958 als Dreimastbark hier in Hamburg bei Blohm und Voss vom Stapel. Reparaturen sind immer mal wieder durchgeführt worden. Jetzt ist ein Punkt erreicht, dass sie dringend saniert werden muss. Der Steuerzahlerbund kritisiert die hohen Kosten dafür. Er fordert, das Schiff auszumustern und als Museumsschiff, wie zum Beispiel die Passat in Travemünde, festzumachen."

„Ist die Entscheidung schon gefallen?"

„Nein. Ich hoffe, dass die Gorch Fock weiter fährt. Sie ist doch der Stolz der Bundesmarine und ihr Aushängeschild seit über 50 Jahren. Generationen von Marinesoldaten haben auf ihr das Seemannshandwerk gelernt. Der Deutsche Marinebund favorisiert die Anschaffung eines neuen Seglers."

Robert schwieg eine Minute.

„Ich muss den Blick jetzt nach vorn richten. Die Hochschule der Bundeswehr am Holstenhofweg stellt hohe Ansprüche an die Teilnehmer. Nach insgesamt vier Jahren Studienzeit, neben Politikwissenschaft auch Germanistik, erhalten wir Offiziere unseren Master."

Auf Imkes Frage nach seinem Elternhaus erzählte Robert ihr in Kurzform die Einzelheiten: Dass er bei Adoptiveltern in Berlin-Friedenau aufgewachsen sei und seine biologischen Eltern nie kennen gelernt habe.

„In den Wirren des DDR-Zusammenbruchs, nachdem ich geboren wurde, gingen alle Unterlagen darüber verloren."

„Oft wird es aus guten Gründen sowieso nicht bekannt gegeben", meinte Imke.

„Wenn ich auf Wache an Deck meiner Schiffe stand und in den Sternenhimmel blickte, habe ich oft daran gedacht, wer und wie sie waren, meine wirklichen Eltern.

Imke fragte nach seiner Kindheit in Friedenau.

„Meine Adoptiveltern haben mich nie merken lassen, dass ich ein Adoptivkind bin. Erst nach dem Abitur haben sie mich darüber aufgeklärt. Sie wohnen immer noch in dem Haus, in dem ich eine glückliche Kindheit verbrachte. Friedenau ist nicht Neukölln oder Kreuzberg mit den ganzen Problemen, sondern ein ruhiger, aber etwas biederer Stadtteil. So ähnlich wie Rahlstedt."

„Bieder?", fragte Imke.

„Ja, ein alter Stadtteil mit überwiegend älteren Bewohnern. Einiges, was ich hier beobachte, kann ich auch in Friedenau sehen."

„Was zum Beispiel?"

„Na, ja, beige gekleidete ältere Herren, die mit Regenjacke, Hut und Regenschirm unterwegs sind. Unter ihrer Jacke tragen sie ihre Hose mit Hosenträgern und zur Sicherheit noch mit einem Leibriemen, also einem Gürtel."

Imke lachte. „Woher willst du wissen, was sie unter der Jacke tragen?"

Auch Robert lachte. „Das nehme ich mal an. Es würde passen. Etwas beobachte ich hier speziell in Rahlstedt, das es in Berlin nicht gibt: Die gepflegten Rasenflächen vor den Häusern werden offensichtlich mit Nagelschere und Pinzette kurz gehalten."

Imke ging nicht darauf ein.

„Als Einzelkind haben dich deine Eltern sicher sehr ungern gehen lassen?"
„Sie haben meinen Berufswunsch akzeptiert. Es gab einen tränenreichen Abschied. Ich besuche meine Eltern und telefoniere mit ihnen. Zugegebenermaßen sind die Besuche in Berlin seltener geworden, aber das lässt sich durch meinen Beruf nicht vermeiden. Meine Mutter ist dement und registriert meine Besuche kaum noch. Mein Vater ist mit ihrer Betreuung vollauf beschäftigt."

BERLIN-FRIEDRICHSHAIN 11/2016

Kurz vor den ersten Semesterferien erfuhr Robert, dass seine Adoptivmutter verstorben war. Er packte seinen Rucksack und nahm den nächsten ICE nach Berlin.
Karl Wagner wirkte sehr gefasst, als Robert in der Wohnung eintraf.
„Sie wollte nicht mehr und jetzt ist sie erlöst", sagte er nur.
„Dann haben wir sicher noch Einiges zu regeln?", fragte Robert.
„Nein, im Moment nicht. Ich habe mit dem Beerdigungsinstitut Grieneisen gesprochen. Das übernimmt die ganzen Regularien. Verwandte haben wir nicht mehr und Freunde und Bekannte sind in meinem Alter nicht mehr am Leben. Die paar Nachbarn habe ich schon informiert. Übermorgen ist die Beerdigung."
Schweigsam verbrachten Vater und Sohn den Rest des Tages. Jeder hing seinen Gedanken nach.

Kurz bevor Robert sich zum Schlafen in sein altes Kinderzimmer zurückziehen wollte, stellte sein Vater einen alten Schuhkarton der Firma Leiser auf den Wohnzimmertisch.

„Hier sind ein paar Sachen von dir drin. Deine Mutter hat den Karton in ihrem Nachtschrank aufbewahrt. Sie gehören dir. Ich gehe demnächst in ein Seniorenheim, da will ich mich nicht mit für mich überflüssigem Krempel abgeben. Die alten Möbel hier lasse ich von einem Trödler abholen."

Robert hob den Deckel des Schuhkartons.

„Was ist das?", fragte Robert, obwohl er sah, was er in die Hand nahm.

„Ein Sparbuch. Deine Mutter legte es an deinem einjährigen Geburtstag auf deinen Namen an. Jeden Monat zahlte sie ein paar Mark und später ein paar Euro darauf ein. Du kannst jetzt darüber verfügen. Sie wollte es dir vermutlich bei deiner Hochzeit übergeben. Während ihrer Krankheit in der letzten Zeit sprach sie immer davon, ob sie noch mal einen Enkel in ihren Armen halten könne."

Karl Wagner blickte Robert an.

„Auch ich habe es mir gewünscht. Gibt es in deinem Leben eine Frau? Du hast nie davon erzählt."

Roberts Gedanken schweiften kurz ab, ehe er antwortete. Ihm wurde bewusst, dass er seine Eltern zu selten besuchte.

„Ja, es gab schon einige Frauen. Jetzt habe ich Imke kennen gelernt, bei der ich mir vorstellen kann, dass dein Wunsch nach einem Enkel irgendwann in Erfüllung geht."

Karl Wagner meinte in seiner direkten Art: „Na, dann beeile dich mal. Ich gehe jetzt doch ins Seniorenheim, und wie lange ich dort überlebe, steht in den Sternen."

Robert stöberte weiter in dem Karton: Kinder- und Jugendfotos, Schulzeugnisse, ein alter Impfpass, Urkunden von Sportveranstaltungen, ein Angelausweis für das Fischen im Schlachtensee. Nach einem Frei- und Fahrtenschwimmer-Ausweis hielt er ein etwas verblichenes Formular in der Hand. Robert las den Text zweimal:

Name: Krüger, Robert
Geschlecht: männlich
Geboren: 6. November 1989, 21.30 Uhr
Gez: Hermine Poggensee, Hebamme

Robert war wie elektrisiert. Es war so etwas wie seine Geburtsurkunde.

Er zeigte sie seinem Vater.

„Ja und?", fragte Karl Wagner.

„Gibt es noch mehr Unterlagen über meine Geburt?"

„Nein, die gibt es nicht. Dieser Zettel war alles, was wir mit dem Kind, also mit dir, bekamen. Mehr wollte deine Mutter auch gar nicht wissen. Du warst doch jetzt ihr Kind."

„Aber Krüger! Der Name meiner leiblichen Mutter! Gab es nie einen Kontakt zwischen euch?"
„Nein, die Adoption erfolgte in Ostberlin. Es war eine Zeit, in der nicht viel gefragt wurde. Und wer viel fragte, bekam keine Antwort."
Für Robert waren diese Aussagen unbefriedigend. Er klemmte sich den alten Schuhkarton unter den Arm und zog sich in sein altes Kinderzimmer zurück.

Nachdem er nichts mehr von Interesse darin gefunden hatte, versuchte er, über sein Smartphone im Internet etwas über Katja Krüger heraus zu bekommen.

Seine Bemühungen waren erfolglos. Es gab zwar Personen mit dem Namen seiner leiblichen Mutter, aber vom Alter her konnten sie jüngere Schwestern von ihm sein. Auch über die Hebamme Hermine Poggensee fand er nichts heraus.

Am nächsten Morgen, es war der Tag vor der Beerdigung, machte sich Robert auf die Suche nach der Hebamme. Viel Hoffnung, dass sie noch lebte, gab es für ihn nicht. Er rechnete: Wenn sie bei seiner Geburt vielleicht 40 Jahre alt war, müsste sie jetzt 66 Jahre alt sein. Selbst wenn sie damals 55 Jahre alt war, wäre es denkbar, dass sie mit jetzt 81 Jahren noch am Leben war.

Von der Telefonauskunft erfuhr er, dass es keine Hermine Poggensee mit einem Telefonanschluss gab. Der erste Weg führte ihn zum Einwohnermeldeamt. Die Beamtin murmelte etwas von Datenschutz. Als Robert sich auswies und seine Situation erklärte, wurde die Frau zugänglicher.

„Herbst 1989. Ost- oder Westberlin"? fragte sie.

„Ostberlin."

„Das macht die Suche schwieriger. Versuchen wir erst einmal Westberlin."

Nachdem die Beamtin auf ihrem Computer einige Seiten aufrief, schüttelte sie den Kopf: „Nein, keine Hermine Poggensee. Also jetzt Ostberlin."

Wieder klickerte die Computer-Tastatur.

„Aha, da könnte sie zu finden sein. Moment mal."

Die Frau stand auf, ging durch die offen stehende Tür in ein Nebenzimmer und kam kurz darauf mit einem Aktenordner zurück. Auf ihrem Schreibtisch fuhr sie mit dem Zeigefinger die Reihen der Zeilen herunter. Im unteren Drittel verharrte sie.

„Da haben wir sie: Hermine Poggensee, Hebamme, Berlin-Friedrichshain, Lichtenberger Straße 212."

„Sonst noch etwas?", fragte Robert.

„Nein, im Einwohnermeldeamt wurde damals in Ostberlin auch nur Name, Beruf und Adresse festgehalten."

„Vielen Dank, aber eine Bitte habe ich noch: Könnten Sie im gleichen Zeitraum, auch in Ostberlin, einmal nach dem Namen Katja Krüger sehen?"

Die freundliche Beamtin lies ihre Finger auf der Tastatur tanzen. „Weil Sie so ein netter junger Mann sind", sagte sie dabei.

Es dauerte nicht lange und sie schüttelte ihren Kopf mit den kurzen, krausen Haaren. „Nein, nichts. Damals war keine Katja Krüger gemeldet. Aber dass muss nichts heißen. Ich habe die Zeit noch miterlebt.

Heute darf ich ja darüber sprechen. Auch in den Behörden ging es damals in der Wendezeit drunter und drüber. Es herrschte das absolute Chaos. Abgesehen davon konnte die Stasi Menschen, ihre Identität und damit auch ihren Namen spurlos verschwinden lassen." Robert bedankte sich und fuhr mit der U-Bahn nach Friedrichshain. Sein Navi im Smartphone zeigte ihm, dass die Lichtenberger Straße an der U-Bahnstation Straußberger Platz nach zwei Seiten von der Karl-Marx-Allee abging. Er musste nur ein paar Schritte Richtung Spree gehen, um zu dem gesuchten Haus zu gelangen.

Es war einer der wenigen Altbauten, die dem Bombardement des zweiten Weltkriegs standgehalten hatten. Eingerahmt wurde das Haus jetzt von klobigen Neubauten

Als Robert das Klingelschild mit zwölf überwiegend türkischen Namen überflog, sah er den Namen: Hermine Poggensee!

Er verspürte so etwas wie Jagdfieber und drückte auf den Klingelknopf. Nichts! klingelte noch einmal. Wieder nichts.

Als er nach dem dritten Versuch etwas enttäuscht und ratlos vor der Haustür stand, versuchte eine ältere Türkin, an ihm vorbei zu kommen. Sie war mit Tüten voller Lebensmittel beladen.

Robert fragte die Frau nach Hermine Poggensee. Die Türkin sprach nur gebrochen und daher schwer verständliches Deutsch. Aber Robert verstand soviel, dass er mitkommen solle. Sie sei eine Nachbarin.

Die Frau nestelte etwas umständlich ihren Haustürschlüssel aus ihren mehrfach übereinander getragenen Kleidungsstücken, schloss die Haustür auf und bedeutete ihm, ihr zu folgen.

Sie betraten das Treppenhaus. Robert registrierte Düfte von gebratenem Lamm und Kreuzkümmel. An der Flurwand hinter der Haustür befand sich eine Reihe offener und zerbeulter Briefkästen.

Es war eines der typischen Berliner Mietshäuser, wie sie um die Jahrhundertwende 1899/1900 in den Arbeiterbezirken gebaut wurden.

Im Parterre befand sich linker Hand ein zugemauertes Fenster zur ersten Wohnung neben dem hölzernen Treppenaufgang. Früher war es eine Beobachtungsluke, aus der die Hausmeisterin das Kommen und Gehen der Bewohner und deren Gäste beobachten konnte. Auf halber Treppe erkannte Robert die außerhalb der Wohnungen liegende Toilette für die darüber und darunter liegenden Wohnungen. Inzwischen dienten die alten Kabuffs als Lagerräume. Die Wohnungen waren inzwischen nach einer Sanierung sicher mit Bädern ausgestattet worden.

Die Treppen waren offensichtlich noch nie saniert worden. Mulden in der Mitte der hölzernen Stufen deuteten darauf hin, dass hier schon mehrere Generationen von Bewohnern hinauf- und hinab gegangen waren.

In der zweiten Etage stellte die Frau ihre Einkäufe vor einer Wohnungstür ab, ging zur gegenüber liegenden Wohnung und wummerte mit ihrer Faust mehrfach kräftig gegen die Türfüllung.

„Frau kann nicht hören", sagte sie und griff eine der Einkaufstüten. Das Klopfen zeigte Wirkung. Die Wohnungstür wurde geöffnet.

Robert erwartete eine alte Frau in Kittelschürze. Hermine Poggensee stand im Türrahmen. Die Haare perfekt frisiert, die Kleidung in tadellosem Zustand. Sie war alt, aber eher eine Dame.

Während die türkische Nachbarin ihr eine der prall gefüllten Tüten überreichte und sich schnell in ihre gegenüber liegende Wohnung zurückzog, fragte Hermine Poggensee: „Was wünschen Sie?"

Robert brauchte einen Moment, bis er etwas sagen konnte: „Das ist eine lange Geschichte..."

Die Frau unterbrach ihn.

„Kommen Sie doch herein. Ich habe in meinem langen Leben etwas Menschenkenntnis erworben. Ich glaube nicht, dass Sie mir etwas verkaufen oder mich zum rechten Glauben bekehren wollen. Ich bin total taub und muss Sie leider bitten, Ihr Anliegen aufzuschreiben."

Das alles sagte die alte Dame mit fester, klarer Stimme.

Sie bat Robert ins Wohnzimmer, das mit alten, aber schönen Möbeln ausgestattet war. Er setzte sich auf einen Sessel.

Nachdem sie die Einkäufe der Nachbarin in die Küche gebracht hatte, nahm sie einen Schreibblock mit Kuli von ihrer Kredenz und legte beides vor Robert auf den Couchtisch. Während sie sich auf die Couch gegenüber setzte, schrieb Robert. Kurz und klar formulierte er, wer er war, und was er wissen wollte. Nach dem letzten Wort nahm er seinen Ausweis aus der Brieftasche und legte ihn zu seinen Zeilen.

Hermine Poggensee, die inzwischen eine Lesebrille aufgesetzt hatte, las den Text sehr aufmerksam.

Robert gewann den Eindruck, dass die Frau durch ihre Taubheit zwar etwas behindert, aber geistig voll auf der Höhe war.

Hermine Poggensee legte den Schreibblock zur Seite, und ihre Lesebrille daneben, bevor sie sprach: „Das ist also aus Ihnen geworden. Vor 26 Jahren habe ich Sie nach der Geburt im Arm gehalten. Ich kann mich noch gut daran erinnern. Es war schlimm, als die Männer damals hereinkamen und wie die Vandalen über alles herfielen, was sich ihnen in den Weg stellte. Und besonders tragisch war, was mit Ihrer Mutter geschah."

Robert bekam einen Kloß in den Hals und fragte mit belegter, aber lauter Stimme: „Was geschah mit meiner Mutter?"

Hermine Poggensee bat ihn, seine Fragen kurz und deutlich zu formulieren: „Ich bin nicht schwerhörig, sondern taub. Ich spüre nur Erschütterungen und dumpfe Geräusche wie das Klopfen an meiner Wohnungstür. Auch wenn Sie laut sprechen, verstehe ich Sie nicht. Sie müssen nur deutlich artikulieren, das kann auch lautlos sein. Ich lese es dann von Ihren Lippen ab."

Robert wiederholte seine Frage und bemühte sich, sie klar auszusprechen.

Die ehemalige Hebamme blickte konzentriert auf Roberts Lippen.

„Ich habe Sie verstanden. Ja, Ihre Mutter, sie starb kurz nach Ihrer Geburt unter mir nicht bekannten Umständen. Ich kann nur sagen, dass sie vor, bei und nach Ihrer Geburt gesund war. Im Kollegenkreis der Klinik wurde über Stasileute getuschelt, die damals überall Akten und andere Papiere einsahen und vernichteten. Einer von denen tauchte im Schwesternzimmer auf und fragte nach einem Kind mit dem Namen Krüger. Ein übel wirkender Jungspund mit roten Haaren."

Hermine Poggensee zögerte etwas. Als sie in das erwartungsvolle Gesicht ihres Gastes blickte, fuhr sie fort.

„Ihre Mutter war eine so nette Frau. Sie machte auf mich allerdings immer einen sehr niedergeschlagenen Eindruck. Ich habe damals eine gewisse Ahnung gehabt. Jedenfalls bin ich auf die Säuglingsstation gegangen und habe gesehen, dass das Kind, also Sie, nicht mehr in seinem Bettchen lag. Dabei fällt mir noch etwas ein. Ihr Vorname war Roberto und nicht Robert."

Roberts Magen rebellierte. Er musste ein paar Mal tief durchatmen. Seine leibliche Mutter gab ihm den

Namen Roberto. War der Name seinen Adoptiveltern vielleicht zu exotisch gewesen? Er musste seinen Vater unbedingt fragen. Er hatte das in ihren Gesprächen nicht erwähnt.

Hermine Poggensee berichtete weiter.

„Als ich nach Ihrer Mutter sehen wollte, war sie schon nicht mehr in ihrem Zimmer. Das ungemachte Bett war leer. Auch die persönlichen Sachen ihrer Mutter aus dem Nachttischschrank und ihre Kleidung waren verschwunden. Fragen durften damals nicht gestellt werden. Wer zuviel fragte, den führte der Weg ganz schnell nach Bautzen. Nur etwas hatten sie, wer immer sie waren, nicht mitgenommen. Ich wusste, dass Ihre Mutter ein Tagebuch führte. Dieses Buch hielt sie immer unter der Bettdecke, um es für ihre Gedanken parat zu haben. Ich habe die Decke zurück geschlagen, und da lag es. Sie müssen es übersehen haben. Ich habe es an mich genommen."

„Haben Sie das Buch noch?"

Robert formte seinen Text sehr deutlich mit den Lippen.

„Sie fragen, ob ich es noch habe?"

Robert nickte.

„Ja, ich habe nicht hineingesehen und es nicht mehr angerührt, nachdem ich es in meiner Wohnung in der Kredenz hinter einem Stapel Teller deponiert habe. Erst nachdem ich in Rente ging, habe ich es mal zur Hand genommen und den Text Ihrer Mutter kurz überflogen."

Frau Poggensee ging zur Kredenz, holte ein etwas abgegriffenes, mit kariertem Stoff gebundenes Buch heraus und hielt es Robert hin.

„Hier, nehmen Sie, es gehört Ihnen. Darf ich Ihnen eine Tasse Tee anbieten?"

Robert, der schnell gehen wollte, um die Aufzeichnungen seiner Mutter in der Wohnung in Friedenau lesen zu können, mochte der freundlichen Frau das Angebot nicht abschlagen. Er nickte nur.

Während Hermine Poggensee den Tee zubereitete, schlug Robert das Buch auf.

„Tagebuch" war auf der zweiten Innenseite eingedruckt. Darunter stand in einer etwas krakeligen Handschrift der Name „Katja Krüger".

„Krüger", dachte Robert. Ein Allerweltsname. Frau Poggensee sprach zwar vom Tod seiner Mutter, aber einen Beweis dafür gab es nicht. Die Beamtin im Einwohnermeldeamt war nicht fündig geworden. Er würde noch nach anderen Wegen suchen müssen.

Die ehemalige Hebamme servierte den schwarzen Tee in feinem Porzellan.

Robert konnte Frau Poggensee noch die Frage nach eventuellen Kolleginnen und Kollegen aus der Zeit seiner Geburt verständlich machen.

Henriette Poggensee stellte ihre Teetasse ab und tupfte sich mit einer Serviette die Lippen.

„Nein, es tut mir sehr leid. Nach Ihrer Geburt wurde das Personal in der Abteilung ausgetauscht. Es kamen völlig neue Kolleginnen, und ich wurde bald in Rente geschickt. Kontakt zu ehemaligen Kolleginnen gibt es schon lange nicht mehr. Mit meinem Alter von 87 Jahren habe ich alle überlebt."

Robert fragte Frau Poggensee nach ihrem Hörgerät. Zur Verdeutlichung seiner Frage deutete er auf seine Ohren.

Die Frau lachte. „Ein Hörgerät funktioniert nur bei Schwerhörigkeit. Bei Taubheit hilft es nicht. Deswegen habe ich auch kein Telefon. Ich habe nur noch Kontakt zu der Familie Öztürk von gegenüber. Ich betreue die netten Kinder, und Frau Öztürk bringt mir die wenigen Lebensmittel mit, die ich noch brauche. In meinem Alter fällt mir das Treppensteigen doch schon etwas schwer."

Robert trank seine Tasse Tee aus und bedankte sich sehr herzlich bei Hermine Poggensee.

Während sein Adoptivvater Einkäufe erledigte, zog Robert sich mit einem Becher Kaffee in sein altes Kinderzimmer zurück und schlug das Tagebuch seiner Mutter auf.

Es begann mit den üblichen Jungmädchen-Eintragungen über Freundschaften in der Schulklasse, Schwärmereien für einen attraktiven Junglehrer, von besten Freundinnen, die plötzlich zu Feindinnen wurden, und weitere für Robert ähnlich belanglos erscheinende Notizen. Etwas später kamen Eintragungen über Urlaubsfahrten mit den Eltern an die Ostsee oder auf die Inseln Usedom und Rügen. So etwas wie die erste Liebe, als sie einen Jungen aus

Leipzig im Urlaub an der Ostsee kennen lernte. Sie schrieb darüber, dass die Eltern diese Liebelei unterbanden und sie den Rest des Urlaubs nicht mehr an den Strand gehen durfte.

Die darauf folgende Eintragung las Robert sehr aufmerksam:

„Wir sind gestern aus Rügen zurückgekommen. Mama und Papa haben gesagt, dass sie mich morgen in der FDJ, dem kommunistischen Jugendverband anmelden würden. Dort käme ich auf andere Gedanken, als mich mit Jungen herumzutreiben. Von großen Idealen der Freiheit und des Völkerfriedens haben sie mir erzählt. Ich bin traurig, dass ich Werner aus Leipzig nicht mehr treffen kann und habe auch keine Lust, Mitglied in der FDJ zu werden."

In der Folge schrieb Katja von den FDJ-Treffen an denen sie widerwillig teilgenommen hatte. Im Laufe der Zeit, so ging aus ihren Eintragungen hervor, schien sie doch Gefallen an den Aktivitäten der Jugendorganisation zu finden. Sie vertraute ihrem Tagebuch die Erlebnisse auf den Ausflugsfahrten und den Gruppenabenden an. Nur das Verhältnis zwischen ihrem Vater und ihr schien sich eher zu verschlechtern. Sie schrieb öfter von der häufigen Abwesenheit ihres Vaters und seiner autoritären Art.

Robert blätterte weiter.

Er gewann den Eindruck, dass das Verhältnis zwischen seiner Mutter und ihrem Vater, seinem Großvater, inzwischen völlig zerrüttet war. Immer deutlicher wurde die Entfremdung zwischen Vater und Tochter erkennbar. Katja schrieb öfter von Machenschaften ihres Vaters, die sie verurteilte, und für die er sich schämen müsste. Robert gelangte zu den Seiten, auf denen Katja als junge Frau immer noch mit sauberer Handschrift ihre Erlebnisse und Gedanken notierte.

„Gestern sind wir mit einer Abordnung der FDJ zu einem Treffen mit jungen Kubanern nach Leipzig gefahren. Am Abend haben wir in Auerbachs Keller mit den Gästen von der Zuckerrohrinsel zusammen gesessen. Dabei habe ich Roberto Valdes, einen Germanistikstudenten, kennen gelernt. Er war Mitglied einer Gruppe, die im Rahmen eines Kulturaustauschs zwischen den sozialistischen Bruderstaaten einige Semester an der Berliner Humboldtuniversität studierte. Wegen der Leipziger Buchmesse waren die Unterkunftsmöglichkeiten der Jugendorganisation den internationalen Gästen vorbehalten. Wir haben in der Arbeiter- und Bauernfakultät in Halle übernachtet. Dort waren auch die Studenten aus Kuba untergebracht."

Robert legte das Tagebuch seiner Mutter zur Seite und musste seine Gedanken ordnen. Roberto aus Kuba

und seine Mutter. Ich habe den Namen Robert erhalten.
Er nahm das Buch wieder auf und blätterte im Schnelldurchlauf weiter. Von einigen Eintragungen war er mehr als schockiert. Wenn er die Andeutungen seiner Mutter in ihrem Tagebuch richtig verstand, machte sie ihren Vater auch für den Tod mehrerer Menschen verantwortlich.
Er las weiter, bis er auf die Seite kam, die eine andere Vermutung zur Gewissheit werden lies.

„Ich bin so glücklich! Ich bin schwanger! Schwanger von Roberto, meinem Traummann. Heute habe ich es erfahren Roberto und ich werden ein Kind bekommen!! Roberto wird sein Studium an der Humboldtuniversität zu Ende bringen, und wir werden heiraten. Mein Vater wird nicht begeistert sein. Aber Roberto und ich werden einen kleinen Roberto oder eine kleine Roberta aufziehen. Ich werde Roberto morgen damit überraschen, dass er Vater wird."

Robert musste, bevor er zur nächsten Seite umblätterte, das Tagebuch wieder zur Seite legen und seine Gedanken ordnen. Roberto oder Robert? Er musste noch einmal mit der ehemaligen Hebamme sprechen. Er wollte Gewissheit haben. Vielleicht war der Klinikverwaltung ein Fehler unterlaufen. Es dauerte etwas, bis er die nächste Seite aufschlug.

Sie zeigte das Datum 12. November 1989.

„Ich habe Mühe, meine Gedanken aufzuschreiben. Roberto ist nicht mehr in Berlin! Ich habe die Information bekommen, dass die kubanischen Studenten in einer Nacht- und Nebelaktion nach Kuba zurück reisen mussten. Es braut sich etwas zusammen. Auf den Straßen herrscht das Chaos. Was passiert jetzt mit Vater? Wird er für seine üblen Stasi-Machenschaften zur Rechenschaft gezogen? Ist es das Ende der DDR? Ich habe in den letzten Tagen im Unterbewusstsein gespürt, dass etwas Schreckliches passiert. Heute Vormittag kam ein Mann in mein Zimmer, blickte sich um, entschuldigte sich und verschwand wieder. Ein junger Typ mit einem roten Haarschopf, der etwas unheimlich wirkte. Ich kann nicht..."

Die Eintragungen brachen mitten in einem Satz ab.

Robert merkte, dass die Seite des Tagebuchs feucht gewesen sein musste. Das Papier war zerknittert und die Schrift dadurch etwas unleserlich. Es waren sicher Tränen, die seiner Mutter bei diesen Eintragungen von den Wangen auf das Papier rannen.

Alle folgenden Seiten im Tagebuch waren leer.

Robert lehnte sich zurück. Ihm war jetzt leicht schwindelig.

Was geschah mit seiner Mutter? Mehrere Einträge im Tagebuch deuteten immer wieder darauf hin, dass sein Großvater Mitarbeiter des Staatssicherheitsdienstes war, und wie alle hochrangigen Stasileute damals große Schuld auf sich lud. Was war mit ihm geschehen?

Robert wurde aus seinen Gedanken aufgeschreckt, als sein Vater von Einkäufen in die Wohnung zurückkehrte. Ein weiterer starker Kaffee, den Karl Wagner zubereitete, brachte Robert schnell wieder ins Lot. Er erwähnte seinem Vater gegenüber nichts von dem Tagebuch, das er inzwischen wieder in seinen Rucksack gelegt hatte.

Karl Wagner informierte Robert über den Ablauf und die Regularien der am nächsten Tag stattfindenden Beerdigung.

Mit seinen Gedanken ganz woanders, nickte Robert nur und murmelte auch mal ein „Ja".

Da es keine Verwandten der Wagners gab, verlief die Beerdigung der Ehefrau und Mutter in kleinem Rahmen. Nur einige Wohnungsnachbarn waren zum Kondolieren gekommen.

Unmittelbar nach dem Verlassen des Friedhofs fuhr Robert wieder nach Friedrichshain. Als er in der Lichtenberger Straße auf das Wohnhaus der ehemaligen Hebamme zuging, bemerkte er einen Menschenauflauf und ein Polizeifahrzeug vor der Haustür. Als Robert durch ein Flatterband der Polizei am Betreten des Hauses gehindert wurde, fragte er eine ältere Frau, die in der Gruppe der Gaffer stand, was passiert sei.

Die Alte trug eine schmutzige Kittelschürze. Ihre Füße mit den dicken Wollsocken steckten in ausgelatschten Pantoffeln.

Sie antwortete mit keifiger Stimme: „Heutzutage ist man ja seines Lebens nicht mehr sicher. Die arme Frau Poggensee. Einfach abgemurkst haben sie die Frau. Bestimmt war das einer von diesen Hergelaufenen, die jetzt überall in Gruppen herumlungern. Ganz schrecklich ist das."

„Ja, wie schrecklich", sagte Robert nur. Hier würde er nichts mehr über seine biologischen Eltern erfahren.

Mit etwas weichen Knien machte er sich auf den Weg zu seinem Vater. Er wollte seine Rückreise nach Hamburg antreten.

Sein Vater zeigte Verständnis für seine schnelle Abreise.

„Du musst dich sicher mit den Vorbereitungen für das nächste Semester beschäftigen", meinte er.

„Ja", stimmte Robert ihm zu.

Aber er wollte etwas Anderes. Etwas ganz anderes. Die beiden Wochen vor dem Semesterbeginn wollte er für eine Kubareise nutzen.

Während der U-Bahnfahrt zurück zur Wohnung des Vaters war diese Überlegung in ihm gereift. Sein biologischer Vater war ein Roberto Valdes aus Kuba. Er hatte den Namen gegoogelt.

Es gab viele Männer mit diesem Namen. In Lateinamerika schien es ein sehr häufiger Name zu sein. So wie Müller oder Meyer in Deutschland. Er erfuhr, dass es in Kuba Beschränkungen für die

Medien und nur einen begrenzten Zugang zum Internet gab. Private Zugänge waren nur Ärzten und Journalisten erlaubt. Nur 16 Prozent der Kubaner waren online. Von diesen 16 Prozent besaßen nur 40 Prozent ein Social Media Konto.

Immerhin tauchte der Name Valdes mit einer Ortsangabe dreimal in Kuba auf: Roberto Valdes, Universität Havanna, Roberto Valdes, Touristik Cuba und Carolina Valdes Berger, Cayo Largo. Fotos zu den drei Personen gab es nicht. Nur die stilisierten Konturen von Menschen waren abgebildet. Weitere Versuche zur Kontaktaufnahme scheiterten.

Schriftverkehr mit Beamten in einem sozialistischen Staat schienen ihm wenig Erfolg versprechend zu sein. Er musste nach Kuba reisen. Ihm war klar, dass es nicht einfach sein würde, einen Menschen zu finden, der während der politischen Ereignisse im Herbst 1989 die zusammenbrechende DDR verlassen musste, und in seine Heimat nach Kuba zurück beordert wurde.

Im ICE auf der Rückreise nach Hamburg überlegte Robert sein weiteres Vorgehen auf der Suche nach seinen leiblichen Eltern.

Seine Mutter, Katja Krüger, lebte vielleicht nicht mehr. Ganz sicher konnte er nach den Angaben der Hebamme nicht sein. Wenn sie noch am Leben war, trug sie durch Heirat eventuell einen anderen Namen.

Die Fakten bei seinem Vater waren konkreter: Ein kubanischer Germanistikstudent, der vor der Wende

in Ostberlin lebte und nach Kuba zurückkehrte. Er sprach sicher perfektes Deutsch und musste jetzt um die 50 Jahre alt sein.
Nach der Fahrkartenkontrolle überlegte er weiter. Roberto Valdes konnte Lehrer mit dem Hauptfach Deutsch sein. Er könnte in einer Schulbehörde im Bildungsministerium arbeiten. Vielleicht war er mit seinen Deutschkenntnissen Reiseleiter für Touristen, die jetzt auch aus Deutschland verstärkt die Zuckerrohrinsel besuchten.
Über den Zuglautsprecher wurde die Ankunft in Hamburg Hauptbahnhof angekündigt.

Abends saßen Imke und Robert an einem kleinen Ecktisch im Ciao Bella.
Imke hörte sich interessiert Roberts Schilderung seiner Erlebnisse in Berlin an.
Nach einem Schluck aus ihrem Glas mit trockenem Weißwein meinte sie: „Das hört sich alles wie der Beginn eines Kriminalromans an. Was willst du jetzt machen?"
Der freundliche Ober servierte flott die bestellten Gerichte. Nachdem er mit einen „Bon Appetito" gegangen war, beantwortete Robert Imkes Frage: „Ich habe heute unendlich viele Telefonate geführt, um etwas über meine Mutter Katja Krüger, wenn sie denn noch lebt, zu erfahren. Sie führten zu keinem konkreten Ergebnis. Ich hoffe, dass ich in dem vergleichsweise kleinen Land Kuba eher eine Chance habe, meinen Vater zu finden."

Während Robert sein Essbesteck aufnahm, fragte Imke: „Kleines Land?"

„Na ja, im Vergleich zu den Einwohnerzahlen, meine ich. Kuba hat nur elf Millionen Einwohner."

Nach den ersten Bissen legte Robert sein Besteck wieder zur Seite. Er konnte nicht weiter essen. Sein Magen, der schon in Berlin rebelliert hatte, machte ihm wieder zu schaffen.

„Die Ereignisse in Friedrichshain sind mir auf den Magen geschlagen. Ich sollte mir einen Fernet Branca bestellen."

Imkes Stimme klang besorgt: „Nein, du solltest zum Arzt gehen. In der Rahlstedter Bahnhofstraße, ganz hier in der Nähe, gibt es eine Fachärztin für Innere Medizin. Die Praxis ist zwar überlaufen, aber für einen Notfall wird auch mal ein Patient zwischengeschoben."

„Vielleicht hast du Recht. Morgen früh bin ich der erste Patient in der Praxis. Anschließend werde ich mich um die Reise nach Kuba kümmern.

„Da würde ich sehr gern mitkommen", meinte Imke. „Schade, aber ich kann wegen wichtiger Termine in meiner Firma so kurzfristig keinen Urlaub bekommen."

„So gern ich dich dabei gehabt hätte, aber es wird ganz sicher kein entspannter Badeurlaub an einem türkisblauen Strand."

Imke legte ihre Hand auf Roberts Arm.

„Sei vorsichtig, dass du in keinen Wirbelsturm kommst. Ich möchte dich heil zurückbekommen. Wir

sehen doch regelmäßig in der Tagesschau, dass Haiti und Kuba in der Karibik am meisten darunter leiden. Dort sterben regelmäßig Menschen durch Tornados und Überschwemmungen. Außerdem richten diese Stürme jeweils Schäden in Millionenhöhe an."
Imke drückte jetzt Roberts Arm.
„Und noch etwas: Vergiss nicht, mir eine Karte zu schreiben."

Am nächsten Morgen besuchte Robert die Internistische Gemeinschaftspraxis in der Rahlstedter Bahnhofstraße. Nach einer gründlichen Untersuchung stellten sich seine Beschwerden als harmlos heraus. Durch die Lektüre des Tagebuchs seiner Mutter und den Tod von Hermine Poggensee war eine Unpässlichkeit aufgetreten, die später nach der Einnahme einer von der Internistin verschriebenen Arznei sehr schnell wieder verschwand.

Als Robert die Arztpraxis in dem schmucklosen Hochhaus verließ, bemerkte er einen älteren, aber noch drahtig wirkenden Mann, der vor der Haustür wartete. Der Mann hatte rote Haare. Robert ging die Straße in Richtung Fußgängerzone. Der Rothaarige schien ihm zu folgen. An der Ampel musste Robert die Grünphase abwarten. Der rothaarige Mann ignorierte die Ampelschaltung, ging an Robert vorbei und verschwand im Getümmel des Fußgängerbereichs.

„Ich sehe wegen meiner kleinen Magengeschichte Gespenster", dachte er.

In seiner Wohnung setzte Robert sich an seinen Computer, um online nach einer günstigen und kurzfristigen Reisemöglichkeit nach Kuba zu suchen.

BERLIN-LICHTENBERG 11/2016

Es waren nicht mehr viele Mitglieder des Freundeskreises des Ministeriums für Staatssicherheit, die sich in einem kleinen Hinterzimmer des Bierlokals in Berlin-Lichtenberg trafen. Altersbedingt war die Mitgliederzahl im Laufe der Jahre stark zusammen geschmolzen.

Hermann Krüger gehörte zu den Teilnehmern. Er war nach dem Tod des letzten Wortführers der Gruppe so etwas wie ihr Primus inter pares geworden, und hatte die alten Genossen zu dem Treffen eingeladen.

Als vor jedem der Teilnehmer ein Getränk auf dem blank gescheuerten Holztisch stand, begrüßte er die Anwesenden. Er sprach davon, dass sich die Cap Hoorniers, die Vereinigung von Segelschiffskapitänen, die Kap Hoorn mindestens einmal auf einem Segelschiff umrundeten, nach dem sie nur noch drei Mitglieder waren, aufgelöst hatten.

„Wir machen weiter", schallte es ihm aus den Reihen der Mitglieder entgegen.

Als anschließend alle ihr Glas hoben, öffnete sich die Tür und ein Nachzügler traf ein.

„Dobry den, Genossen", ertönte der noch immer stimmgewaltige Bass von Ivan Kovalenko.

Auch er war wie alle Teilnehmer der Runde merklich älter geworden, wirkte aber immer noch wie ein als Rampensau bekannter, selbstverliebter Staatsschauspieler, der in der Textfassung eines Werkes von Fjodor Dostojewski einen zaristischen Gutsbesitzer geben musste.

Kovalenko blickte in die Runde.

„Ah, Genosse Hermann. Da war die Information doch richtig, dass ich dich hier treffe. Aber was muss ich in euren Gläsern sehen? Bier oder Rotwein! Kein Wodka?"

Er setzte sich auf einen der beiden freien Plätze, die direkt Hermann Krüger gegenüber lagen.

Als Ivan Kovalenko seinen doppelten Wodka bekommen hatte, setzte unter den Teilnehmern des Treffens ein allgemeines Palaver ein. Erinnerungen wurden ausgetauscht und gemeinsame Erlebnisse aus der Vergangenheit aufgewärmt.

Sie sprachen über ihre „Stadt in der Stadt", dem hermetisch abgeriegelten riesigen Häuserkomplex des Ministeriums für Staatssicherheit in Lichtenberg. Sie redeten auch über die jüngeren Kollegen, die durch die Wende 1989 nahtlos in die gesamtdeutschen Behörden wechselten und heute sehr gut dotierte Positionen in Brandenburg und anderen Bundesländern bekleideten.

„Das war nicht anders, als nach dem Zweiten Weltkrieg, als die strammen Nazis ohne Probleme in höchste Ämter der neu gegründeten Bundesrepublik wechselten und ihre Karriere fortsetzten", warf ein Tischnachbar ein.

Zu diesem Thema meldete sich noch ein Mann aus der Runde: „Ja, zum Beispiel der furchtbare Jurist Hans Globke, der Kommentator der Nürnberger Rassengesetze, wurde von Bundeskanzler Konrad Adenauer in sein Kabinett geholt. Ganz zu schweigen von den hohen Militärs, die während des Zweiten Weltkriegs soviel Schuld auf sich geladen hatten. Die wurden nahtlos in die neu gegründete Bundeswehr integriert."

Der Senior des Freundeskreises, von seiner Figur her gesehen eher ein Männchen als ein Mann, blickte in die Runde und fragte mit brüchiger Stimme: „Wir waren im Ministerium zuletzt über 90.000 feste Mitarbeiter und über 180.000 informelle Mitarbeiter. Kann mir mal jemand sagen, wo die ganzen Kollegen geblieben sind?"

Hermann Krüger wollte sich die alten Kamellen nicht länger anhören. Er nahm seinen Stuhl und setzte sich auf die gegenüber liegende Seite des Tisches neben Kovalenko.

„Wie hast du mich gefunden, Genosse Ivan?"

„Ach Towarischtsch Hermann, die alten Netzwerke funktionieren noch. Es war ganz einfach."

„Der russische Bär hat doch bestimmt einen sehr guten Grund, dass er nach so langer Zeit nach mir sucht."

„Natürlich, mein Freund. Ich habe doch noch etwas gutzumachen. Aber bevor ich zum Thema komme trinken wir einen Wodka."

Er winkte dem Ober, der gerade wieder einige Gläser Berliner Pilsner auf den Tisch stellte.

„Zwei doppelte Wodka für meinen Freund und mich!"

„Jut, zwee Doppelte, wird jemacht", ließ der Ober den Berliner raushängen.

Er war blitzartig mit einem zweiten Glas und der angebrochenen Flasche zurück.

„Soll ick die Pulle hier uff`n Tisch lassen?"

„Det is jut", äffte Kovalenko den Ober nach.

Der blickte etwas irritiert, stellte die Flasche ab und verzog sich.

Ivan Kovalenko schenkte beiden nach. „Nastrovje Towarischtsch."

Hermann Krüger wischte sich die Mundwinkel mit dem Handrücken ab.

Der Russe kam endlich zur Sache: „Es war nicht ganz einfach, aber wir haben deinen ungeliebten Enkel gefunden. Der rote Sascha hat heraus bekommen, dass er lebt. Aufgezogen wurde er in West-Berlin von Adoptiveltern. Der rote Sascha, der letzte meiner Getreuen, hat ihn in Hamburg aufgespürt. Ich bin mir sicher, dass Sascha es nicht noch einmal verbocken wird. Er wird seinen Fehler von damals wieder gutmachen. Er ist auch älter geworden, aber damit reifer und routinierter. Ich selbst bin, sagen wir mal, fürs operative Geschäft zu alt."

Hermann Krüger bekam ein leichtes Schwindelgefühl.

„Das Balg ist damals durch die Unfähigkeit deines Saschas in eine Krippe gekommen. Für mich war er damit so gut wie gestorben. Eigentlich wollte ich nichts mehr von ihm wissen. 27 Jahre müsste er jetzt alt sein. Er wohnt in Hamburg, sagst du?"

„Ja, sogar in deinem Stadtteil."

Krügers Schwindelgefühl ließ nach.

„Es sind so viele Jahre vergangen. Ich will das nicht mehr. Du musst den roten Sascha stoppen."

„Zu spät. Dein Enkel fliegt nach Kuba und Sascha ist ihm auf den Fersen."

„Papperlapapp", meinte Krüger. „Kuba ist ein sozialistisches Land und deine Verbindungen reichen doch sicher bis in die Spitzen der Partei."

„Das schon, Genosse Hermann. Aber wir sind zwei Fossile aus dem Kalten Krieg, die nichts mehr zu melden haben. Sascha ist zwar etwas zerknitterter geworden, im Vergleich zu uns aber noch jung und inzwischen viel erfahrener. Aber es wird nicht einfach sein."

Hermann Krüger kippte einen Wodka, blickte in das leere Glas und dachte laut nach: „In der Klinik wurde damals das Tagebuch meiner Tochter von Sascha nicht gefunden. Auch das hat er vermasselt.

Ich weiß, dass sie fast täglich darin geschrieben hat, und ich weiß auch, dass darin mich stark belastende Dinge stehen. Ich habe keine Lust, auf meine alten Tage noch in den Bau zu gehen. Das würde passieren, wenn es an die Öffentlichkeit gelangt. Mord verjährt nicht. Vielleicht ist es mit den Babysachen zu den Adoptiveltern gelangt. Oder es ist inzwischen im Besitz meines Enkels. Es reicht mir, wenn ich das Tagebuch bekomme."
Kovalenko schenkte nach.
Hermann Krüger sah den Russen an.
„Ist bekannt, was er beruflich macht?"
„Natürlich Genosse Hermann. Er ist Offizier der Bundesmarine und studiert an der Universität der Bundeswehr. Seine Karriere ist noch nicht zu Ende."
„Was sagst du?" Er ist Angehöriger der Bundeswehr? Ausgerechnet beim Klassenfeind?"
„Genosse Hermann, du lebst noch im Gestern. Es gibt keinen Klassenfeind mehr. Komm, trink noch ein Glas."
Der Alkohol zeigte bei Hermann Krüger Wirkung. Seine Zunge wurde lockerer: „Ivan, ich bin mir sicher, dass das Tagebuch existiert. Du musst es beschaffen. Und wenn jemand dabei verunglückt, hat er Pech gehabt. Hauptsache ich bekomme das Tagebuch. Wenn mein Enkel es hat und erfährt, dass ich lebe, wird er mich unweigerlich ans Messer liefern."
Ivan Kovalenko legte eine Pranke auf Hermann Krügers Schulter.

„Du kannst dich auf mich verlassen, Genosse Hermann. So wie es keine Klassenfeinde mehr gibt, wird auch niemand mehr ans Messer geliefert. Natürlich abgesehen von den Fällen, in denen wir selbst das Problem lösen."

HAVANNA 11/2016

Robert reiste mit leichtem Gepäck. Wäsche, Hemden, eine zusätzliche kurze Hose mit Cargotaschen, ein Pullover und ein Beutel mit Utensilien für die Körperpflege mussten reichen. Als Reiselektüre genügte der Reiseführer, den er sich im Rahlstedt Center bei der Buchhandlung Heymann kaufte. Die aktuellen Tagesereignisse, weitere Informationen und Geschehnisse konnte er mit Hilfe seines Smartphones erfahren.

Kurz vor dem Verlassen der Wohnung stopfte er noch eine Badehose in seinen Rucksack. Ein Bad in der karibischen See wollte er sich nicht entgehen lassen. Der Rucksack ging als Bordgepäck durch. So sparte er sich Wartezeiten an den Gepäckausgaben. Unter anderen Umständen hätte er auch seine Tauch- oder Schnorchelausrüstung mitgenommen. Aber es sollte kein erholsamer Strandurlaub werden. Er wollte, nein, er musste seinen Vater finden.

Er überlegte noch, das Tagebuch seiner Mutter einzupacken. Aber er verwarf den Gedanken. Wozu sollte er es mitnehmen? Er stellte es in das Regal mit seinen Büchern. Dort befand es sich in Gesellschaft der von Robert bevorzugten Autoren wie Joseph Conrad, Ernest Hemingway, Jack London, den Büchern über die Erforschung von Nord- und Südpol und den Reiseberichten von Weltumseglern wie Wilfried Erdmann und Co.

Imke brachte ihn zum Hauptbahnhof, wo sie sich verabschiedeten.

Mit einem ICE fuhr er nach Düsseldorf. Der Direktflug von dort führte nach Kubas Hauptstadt Havanna

Sein Sitzplatz am Gang erlaubte ihm, wenn nicht gerade eine Flugbegleiterin vorbei kam, seine langen Beine etwas auszustrecken. Sein Sitznachbar war spät gekommen. Nach einem freundlichen Nicken setzte er sich und vertiefte sich sofort in ein Buch, dessen Titel Robert nicht erkennen konnte.

Die Maschine schien ausgebucht zu sein. Er sah keinen freien Sitz.

Nach dem Start nahm Robert seinen Reiseführer zur Hand. „Kuba, Insel der Träume." Auf dem etwa zehn Stunden dauernden Flug wollte er sich mit der Insel und ihren Gegebenheiten vertraut machen. Er nahm sich vor, seine Ziele mit öffentlichen Verkehrsmitteln anzusteuern. Durch seine perfekten Spanischkenntnisse meinte er, damit keine größeren Probleme zu bekommen.

Die Maschine erreichte ihre Flughöhe. Robert las die Einleitung seines Reiseführers, als der vor ihm sitzende Passagier seine Rückenlehne mit einem plötzlichen Ruck nach hinten kippte. Der offenbar schwergewichtige Mann lag Robert mit der Rückenlehne fast in seinem Schoß. Aufgefallen war ihm dieser Rüpel schon vorher durch sein Ächzen und Stöhnen beim Suchen der idealen Sitzposition.

Robert beugte sich vor und sprach den Mann freundlich auf sein rücksichtsloses Verhalten an. Dem Übergewichtigen rannen die Schweißtropfen, die er mit einem völlig durchnässten Taschentuch zu stoppen versuchte, von der Stirn. Mehr grunzend als sprechend brachte der Mann so etwas wie eine Entschuldigung hervor und stellte lautstark seine Lehne in die ursprüngliche Position.

Robert widmete sich seiner Lektüre. Zuerst las er die Chronik der Insel und anschließend ausführliche Informationen über Havanna, seinem ersten Ziel.

Roberto Valdes, Uni Havanna, Roberto Valdes, Touristik Cuba und Carolina Valdes-Berger, Cayo Largo. Die drei Namen waren die ganze Ausbeute seiner Nachforschungen. Zuerst also Havanna.

Durch die lautstarke Ankündigung der ersten Mahlzeit wurde Robert in seinen Gedanken unterbrochen. Er klappte seinen kleinen Tisch herunter und machte sich über das frugale Mahl her. Für einen kräftigen jungen Mann mit gutem Appetit schien ihm das Angebotene allzu karg zu sein. Satt wurde er davon nicht. Robert nahm sich vor, in Havanna zuerst Ausschau nach einem Grill-Lokal zu halten.

Dem vor ihm sitzenden Übergewichtigen schien es zu schmecken. Die Schmatzgeräusche des Mannes waren nicht zu überhören.

Nachdem die Verpackungen des Mahls abgeräumt waren und das Tischchen wieder senkrecht stand, griff Robert wieder zu seinem Reiseführer. Er blätterte nur kurz darin. Eine bleierne Müdigkeit überkam ihn. Angesteckt vielleicht auch von seinem Vordermann, der geräuschvoll ganze Baumstämme durchsägte. Robert schlief die Nacht durch. Erst kurz vor der Landung wachte er auf.

Während die anderen Passagiere noch auf ihre Koffer warteten, konnte er die Einreiseformalitäten erledigen und vor dem Flughafengebäude nach einer Bushaltestelle suchen.

Die wartenden Taxis weckten sein Interesse. Alles alte amerikanische Straßenkreuzer aus der Zeit des Batista-Regimes. Er vergaß die Bushaltestelle und entschied sich für einen knallroten Oldsmobile. Seinen Rucksack konnte er auf den breiten Vordersitzen mit unterbringen.

„Innenstadt, Universität", nannte er dem älteren Fahrer sein Ziel. Der Mann wirkte mit seiner Zigarre im Mundwinkel nicht wie ein Taxifahrer, sondern wie ein Bauer auf seinem Trecker. Die Frage nach einem günstigen Hotel konnte er beantworten.

„Si Senor. Ein preiswertes und gutes Hotel in der Nähe der Universität. Ich fahre Sie hin."

Alle Fenster des Wagens waren von dem Taxifahrer mit der Hand herunter gekurbelt worden. Den linken Arm lässig im Fensterrahmen liegend, fuhr er mit der rechten Hand am Steuerrad los.

Erst jetzt spürte Robert die in Havanna herrschende Hitze. Der Fahrtwind brachte ihm etwas Abkühlung. Während der kurzen Fahrt fielen Robert die großformatigen Straßenbilder des Revolutionsführers Fidel Castro und des Comandante Ernesto Che Guevara auf.

„Ein verständlicher Personenkult", dachte Robert. Das Hotel lag in einer Seitenstraße und erwies sich als schlichter, sauberer Bau.

Der freundliche Taxifahrer war glücklich, als er in Euros bezahlt wurde. Robert wusste aus seinem Reiseführer, dass der normal sterbliche Kubaner an Devisen wie Euro oder CUC nur im Tourismus oder mit Schwarzmarktgeschäften heran kommt. Gehälter und Löhne werden den Kubanern in Pesos cubanos ausgezahlt. CUC ist die Währung ausschließlich für Touristen.

Nach dem Einchecken ließ sich Robert an der Hotelrezeption nach Vorlage seines Reisepasses für 200 Euro die entsprechende Summe in CUC auszahlen.

In seinem Zimmer merkte er, dass ihm der Magen knurrte. In der Altstadt fand er ein Lokal, in dem er ein typisch kubanisch-kreolisches Gericht aus Huhn und Schwein mit Reis, schwarzen Bohnen und frittierten Bananenscheiben auf den Tisch bekam.

Anschließend lief er auf der von der Altstadt ausgehende Küstenstraße, bis er die Bar entdeckte, die ihm der Taxifahrer als Treffpunkt der Touristenführer mit ihren Gruppen beschrieben hatte. Vielleicht konnte er dort etwas über einen Touristikmann mit Namen Roberto Valdes erfahren.

In der großen Gruppe der Touristen waren die wenigen Touristenführer an ihren hellgrünen T-Shirts sofort zu erkennen. Lautstark spielte eine kubanische Band. Fast alle Musiker waren im Rentenalter. Sie erinnerten Robert an den Buena Vista Social Club. Diese Gruppe war im Rahmen ihrer Welttournee auch in Hamburg in den Fliegenden Bauten euphorisch gefeiert worden. Auch den Dokumentarfilm, den Wim Wenders über die Gruppe drehte, hatte Robert im Kino gesehen. Er wusste noch, dass der Film für einen Oscar nominiert und als bester europäischer Dokumentarfilm ausgezeichnet worden war.

Das Publikum war aber auch von dieser Gruppe begeistert. Hingerissen war es, als die Musiker den Titel „Hasta Siempre Comandante", die Hymne über Che Guevara, sang und spielte. Der Beifall nahm kein Ende.

Als die Musiker eine Pause machten, sprach Robert die Touristenführer auf Roberto Valdes an. Niemand kannte einen Kollegen mit diesem Namen.

Robert nahm sich vor, morgen nach dem Besuch der Uni das Touristikministerium aufzusuchen.

Nach dem Frühstück ließ Robert sich von einer Hotelangestellten den Weg zur Uni beschreiben. An der Straße dort hin lag ein Bankgebäude. An einem Schalter wechselte er noch einmal 200 Euro in CUC. Er hatte inzwischen bemerkt, dass Gefälligkeiten mit einem großzügigen Trinkgeld in CUC schneller erreicht wurden. Die Kubaner fanden immer Wege, diese Währung in einheimische Peso zu tauschen, mit denen sie ihre Einkäufe bezahlen mussten. Robert hoffte, dass er mit der jetzt investierten Summe von 400 Euro die Tage auf Kuba finanzieren konnte.

Auch auf dem Campusgelände fielen Robert die großen Statuen der Revolutionshelden auf. Wie auch im Stadtgebiet blickten Fidel Castro und Ernesto Che Guevara auf ihn hinab.

„Natürlich hier", überlegte Robert. „Ihnen war es zu verdanken, dass nach dem Sturz des verhassten Staatspräsidenten Batista die Schulbildung für alle Bevölkerungsschichten eingeführt wurde und die kubanischen Errungenschaften im Bildungs- und Gesundheitssystem noch immer einzigartig unter den lateinamerikanische Staaten und der dritten Welt sind."

Als Robert dem Pförtner im Hauptgebäude sein Anliegen schilderte, verwies der ihn an das Sekretariat der Uni.

„Sekretariat, Marcella Romero", stand auf einem Schild neben der Tür. Robert klopfte und trat ein.

Marcella Romero sah aus, wie es der Name erwarten lies: Groß und schlank, glutäugig, moccafarbene Haut, ebenmäßige Gesichtszüge, lange dunkle Haare. Eine insgesamt attraktive Erscheinung.

Noch einmal brachte Robert sein Anliegen vor.

Marcella Romero deutete auf einen Stuhl vor ihrem Schreibtisch und fragte nach Einzelheiten.

„Sehr interessant", meinte die junge Frau. „Um aus so lange zurückliegenden Zeiten etwas aus unseren Archiven heraus zu finden, benötige ich einige Zeit. Damals wurde alles auf Papier festgehalten und liegt jetzt in verstaubten Aktenordnern im Keller. Ich muss jetzt in eine Konferenz. Anschließend könnte ich nachsehen. Wenn Sie mögen, können wir uns dann in meiner Mittagspause auf einen Kaffee in der Bar neben dem Haupttor der Uni treffen. Ich hoffe, dass ich Ihnen dann etwas über Ihren Vater sagen kann."

Robert bedankte sich. Soviel Entgegenkommen hatte er nicht erwartet.

„14 Uhr, Taberna del Medio, direkt links vor dem Haupteingang", sagte Marcella Romero und stand auf.

Als Robert die Uni verließ, erkannte er gleich den Treffpunkt und blickte auf seine Armbanduhr. Vier Stunden waren zu überbrücken.

Er schlenderte die Straße entlang und bemerkte an einer Straßenkreuzung die mannshohe Statue Jassir Arafats. Der ehemalige Palästinenserführer blickte auf die Kolonne der amerikanischen Straßenkreuzer. Die Wagenschlange wurde von einigen alten Wagen aus sowjetischer oder DDR Produktion unterbrochen. Auch einige Pferdekutschen, Ochsengespanne vor vollbeladenen Erntewagen und Menschen mit einfachen Handkarren konnte er in der nicht enden wollenden Blechkarawane sehen.

An einem Obst- und Gemüsestand kaufte Robert sich ein Glas Zuckerrohrsaft. Er schmeckte so gut, dass er sich gleich noch eine Portion pressen ließ. Er lief weiter. Mitten im Gewirr von Straßenkreuzungen sah er einen bestellten Acker, ein Feld, auf dem Nutzpflanzen angebaut waren. Robert erkannte Kartoffeln, Bohnen und anderes Gemüse. Weshalb mitten in der Stadt? Er nahm sich vor, Marcella Romero danach zu fragen. Robert bestaunte Prachtbauten aus kolonialer Zeit. Einige waren verfallen, andere bereits renoviert. Allmählich ging die Bebauung der Stadt in ländliches Gebiet über. Einzeln stehende Häuser einfacher Art und erste Zuckerrohrfelder tauchten auf.

Hier sah er die schwere Arbeit der Machateros, die das Zuckerrohr immer noch mit der Hand schnitten. Robert war durch Fernsehen und Presse gut darüber informiert, dass nach dem kürzlichen Staatsbesuch des amerikanischen Präsidenten Barack Obama die Eiszeit zwischen Washington und Havanna beendet worden war. Auch der Zuckerrohranbau zog seitdem wieder an, weil Produkte wie Rum und Zucker auch wieder in die Vereinigten Staaten exportiert werden durften.

Ein Blick auf seine Armbanduhr sagte ihm, dass es Zeit für den Rückweg zur Taberna del Medio wurde.

Er setzte sich an einen kleinen Ecktisch und musste sich nicht lange gedulden.

Die Uni-Sekretärin sah in ihrem kurzen Rock und dem knappen T-Shirt umwerfend aus. Nach europäischen Maßstäben würde es als aufreizend gelten. Aber Robert hatte sah inzwischen registriert, dass auf Kuba alle Frauen, ob groß, klein, jung oder alt äußerst eng geschnittene Kleidung bevorzugten.

Mit einem „Hola Senor", setzte Marcella Romero sich zu Robert an den Tisch.

Robert konnte es kaum erwarten, das Ergebnis ihrer Nachforschungen zu erfahren. Nachdem die Bedienung ihnen Kaffee auf den Tisch gestellt hatte, blickte er Marcella Romero erwartungsvoll an.

Die Sekretärin nahm einen Schluck, ehe sie sprach: „Es tut mir sehr leid, ich habe nichts über ihren Vater gefunden. Alle Verzeichnisse der Professoren, der Dozenten und auch der Studenten habe ich durchgesehen. Der Name Roberto Valdes ist auf Kuba nicht gerade selten. Ich habe drei Personen mit dem Namen gefunden. Sie sind inzwischen sicher verstorben, denn sie wären heute weit über 100 Jahre alt. Wenn ich Sie richtig verstanden habe, ist Ihr Vater jetzt um die 50 Jahre."

„Ja", sagte Robert nur und trank seinen Kaffee.

Marcella Romero legte eine Hand auf die von Robert und wiederholte sich. „Es tut mir leid. Ich habe auch gehofft, dass ich Ihren Vater finde."

Robert fasste sich schnell wieder. Er konnte nicht davon ausgehen, dass sein erster Kontakt ihn auf die Spur zu seinem Vater führte.

Er fragte die Uni-Sekretärin nach dem Touristik-Ministerium, seinem nächsten Ziel. Marcella Romero schüttelte ihren Kopf. „Sich durch die Bürokratie eines Ministeriums zu kämpfen, ist ohne offiziellen Auftrag kaum machbar. Da gibt es eine bessere Möglichkeit. Falls Ihr Vater als Reiseleiter oder Touristikmanager gearbeitet hat oder besser noch arbeitet, sollten Sie im zentralen Touristikbüro vorsprechen. Von dort werden die Reiseleiter eingesetzt. Es ist nicht weit von hier."
Sie beschrieb Robert den Weg.
Er bezahlte den Kaffee und blickte die Sekretärin an. „Fast hätte ich es vergessen. Der Gemüsegarten mitten in der Stadt. Sehr ungewöhnlich."
Marcella Romero lachte.
„Ja, sehr ungewöhnlich, aber für Kuba nicht. In den 60er Jahren des vorigen Jahrhunderts wohnten noch 80 Prozent der Kubaner auf dem Land, wo sie ihre Gärten bewirtschafteten. Inzwischen hat sich die Zahl umgekehrt. Nur noch 20 Prozent der Leute leben auf dem Land. Die in die Städte gezogenen Menschen und ihre Kinder versorgen sich zum Teil mit selbst angebauten Grundnahrungsmitteln sowie mit Obst und Gemüse. Nach dem Embargo der US-Amerikaner war die Versorgung sehr knapp, und die Regierung erlaubte und förderte diese Gärten auf freien Flächen. Das größte dieser Anbaugebiete in Havanna ist ein elf Hektar großer Garten."
Robert bedankte sich sehr herzlich.

„Vielleicht sehen wir uns mal wieder?", meinte Marcella Romero.

„Gut möglich", antwortete Robert. „Ich weiß ja wo ich Sie finde."

Es war tatsächlich nur ein kurzer Weg zum Touristik-Büro. Es befand sich in einem der Prachtbauten, die eine ganze Straße beherrschten. Offensichtlich ein Stadtteil, in dem die kolonnadenreichen Villen mit ihren marmornen Säulen mit Hilfe der UNESCO restauriert worden waren. In mehreren der alten Paläste befanden sich jetzt Hotels der Luxusklasse.

Hinter den raumhohen Glasscheiben des Touristik-Büros herrschte ein geschäftiges Treiben. Einige der Personen waren in ihren grünen T-Shirts als Reiseleiter zu erkennen. Hier wurde deutlich, dass der Tourismus eine der größten Einnahmequellen Kubas ist.

Robert fragte sich durch.

Luis Alberto Garcia hieß der Mann, dem Robert die Suche nach seinem Vater schilderte. Er trug einen tadellos sitzenden Anzug, ein weißes Hemd und seine kurzen schwarzen Haare waren seitlich exakt gescheitelt.

Garcia bat Robert deutsch zu sprechen. „Mein Vater arbeitete längere Zeit in der DDR. Neben Vietnamesen gab es dort viele Kubaner, die in der Industrie als Vertragsarbeiter oder Lehrlinge tätig waren. Mein Vater konnte als Auszubildender einen Abschluss als Facharbeiter machen. Von ihm habe ich

etwas deutsch gelernt. Später habe ich Kurse besucht. Überwiegend sprechen unsere Touristen spanisch und englisch. Damit meine deutschen Sprachkenntnisse nicht einrosten, freue ich mich über jede Gelegenheit, mich in der Sprache Ihres Landes zu unterhalten."
Robert schätzte, dass Garcia in seinem Alter sein musste. Während der Kubaner sprach, betrachtete Robert die Magnettafeln mit den Einsatzplänen der Reiseleiter an einer Wand des winzigen Büros.
Garcia stellte noch einige Fragen, um Robert dann zu bitten, morgen wiederzukommen.
„Ich bin hier erst seit kurzem tätig und habe von einem Robert Valdes in unseren Reihen nichts gehört. Heute ist unser Jorge mit einer Gruppe unterwegs. Bevor er morgen wieder startet, kann ich mit ihm sprechen. Er ist seit Jahrzehnten als Reiseleiter bei uns tätig. Wenn es einmal einen Roberto Valdes bei uns gegeben hat, wird er das wissen."
Robert ließ sich seine große Enttäuschung nicht anmerken.
„Vielen Dank. Wann darf ich wiederkommen?"
„Morgen gegen Mittag. Ich spreche mit Jorge, bevor er mit einer Gruppe amerikanischer Touristen zu einer längeren Tour aufbricht."
Robert verließ das Büro und schlenderte Richtung Hotel. Er hatte Hunger. Außer der Tasse Kaffee am Morgen bei dem Treffen mit Marcella Romero hatte er noch nichts zu sich genommen.
In Havannas Altstadt, die ihn in ihrer morbiden Schönheit begeisterte, hielt er Ausschau nach einem

ansprechenden Lokal. Er blieb in der Avenida de las Misiones vor dem prachtvoll restaurierten Hauptsitz des Rum-Imperiums der Familie Barcadi stehen. In dem als Geschäftshaus umfunktionierten Gebäude befand sich oben im Mirador-Turm ein Snack-Cafe.

Robert stellte sich am Buffet einen ordentlichen Imbiss zusammen. Bei der Auswahl der Happen war er unkonzentriert. Er war mit seinen Gedanken noch bei dem Gespräch mit Garcia. Das würde sicher bis zum nächsten Tag so bleiben, bis er von dem Mann das Ergebnis des Gesprächs mit dem alten Reiseleiter erfuhr.

Die Stimme einer Kellnerin riss ihn aus seinen Gedanken. Sie erkannte in ihm den Touristen.

„Ein Mojito, Senor?"

„Warum nicht", antwortete er.

Das kubanische Nationalgetränk aus Rum, Limone, etwas Zucker und zerstoßener Minze, das auch Ernest Hemingway in seiner Wahlheimat Kuba so gern getrunken hatte, wollte er schon längst probieren.

„Bei den klimatischen Verhältnissen hier auf der Karibikinsel das richtige Getränk", dachte Robert, als er den ersten Schluck genommen hatte.

Nach dem Essen orderte er noch einen Mojito. Der Alkohol war in dieser Kombination nicht zu spüren. Der attraktiven Kellnerin gab er ein großzügiges Trinkgeld.

Als er das imposante Gebäude verließ, bemerkte er einen Mann, der sich schnell vom Eingang des Hauses entfernte und um die nächste Hausecke bog. Der Mann war rothaarig! Robert versuchte, sich an das Aussehen des Mannes vor der Praxis der Internistin in Rahlstedt zu erinnern. War es der gleiche Mann? Sicher nicht. Warum sollte es in Havanna keinen Mann mit roten Haaren geben? Aber – vielleicht war er es doch? Ach was, er verwarf den Gedanken. Die zwei Mojitos waren ihm offenbar zu Kopf gestiegen. Robert beschleunigte seine Schritte und bog ebenfalls um die Hausecke. Der Mann war verschwunden. Seine leichte Beunruhigung legte sich.

Als Robert aufwachte, war sein erster Gedanke: „Werde ich heute etwas über meinen Vater erfahren?"
Es war noch früh, und es würden endlos lange Stunden bis zum Gespräch mit Garcia im Touristikbüro werden. Er musste etwas unternehmen, um die Zeit zu überbrücken. Er blätterte in seinem Reiseführer. Nicht weit von seinem Hotel und fußläufig zu erreichen lag die Plaza de la Revolucion.
Bevor er sich auf den Weg machte, versuchte er noch einmal, Imke in Rahlstedt zu erreichen. Es kam wieder keine Verbindung zustande. Eine Postkarte war gleich von ihm nach seiner Ankunft in Havanna abgeschickt worden. Er nahm sich vor, heute eine weitere Karte zu schicken.
Der Platz der Revolution war gigantisch. Hier begeisterte Fidel Castro am 1. Mai 1959 in einer mitreißenden Rede die Massen, und der revolutionäre

Funke sprang aufs Volk über. Rund 1,5 Millionen Menschen konnten hier seine Rede verfolgen. Auf diesem Platz bejubelten im Jahre 1998 die Kubaner auch Papst Johannes Paul und 2015 Papst Franziskus. Umsäumt wurde der Platz vom Regierungsgebäude, dem Nationaltheater und von Prachtbauten, in denen die Ministerien untergebracht waren.

Robert blickte auf seine Armbanduhr. Es war noch Zeit genug, um mit dem Fahrstuhl den fünfeckigen Turm des Jose-Marti-Memorials hochzufahren, zum höchsten Punkt Havannas.

Robert sah in 138 Meter Höhe von der Südseite auf die Prachtbauten und die weniger prächtigen Häuser der kubanischen Hauptstadt. Eine auf der Aussichtsplattform angebrachte Informationstafel zeigte die Entfernung nach Berlin mit 8.347 Kilometern an.

Dann war es Zeit für den Rückweg zum Touristikbüro.

Luis Alberto Garcia war auch heute wieder tadellos gekleidet. Ein dunkler Anzug, cremefarbenes Hemd, blaue Krawatte und blanke Lederschuhe.

Nach der Begrüßung kam der Manager erst nach einem kleinen Tourismus-Vortrag zur Sache: „Jorge ist mit einer Gruppe Amerikaner zur Schweinebucht unterwegs. Dort wurde im April 1961 eine Invasion versucht. 1.500 Exilkubaner wollten mit Hilfe der CIA die Insel für die ehemals herrschende feudale Klasse zurück erobern. Der Versuch misslang und darauf hin verhängte die US-Regierung ein Handelsembargo. Im

Dezember des Jahres erklärte Fidel Castro Kuba zur ersten sozialistischen Republik in Lateinamerika."

Robert konnte sich eine ironische Bemerkung nicht verkneifen: „Hoffentlich sind bei den amerikanischen Touristen keine Menschen dabei, die eine erneute Invasion planen."

Garcia lächelte. „Da habe ich keine Bedenken. Wir sind für solche Fälle gewappnet. Aber nun zu Ihrem Anliegen. Jorge, der ein gutes Gedächtnis hat, kann sich nicht an einen Kollegen mit dem Namen Roberto Valdes erinnern. Wir können davon ausgehen, dass Ihr Vater nicht bei uns arbeitete.

Robert versuchte seine Enttäuschung zu verbergen.

„Eine Möglichkeit habe ich noch", sagte er mehr zu sich selbst als zu dem Kubaner.

„Wie bitte?", fragte Garcia.

„Ich habe noch einen Hinweis dem ich nachgehen muss. Carolina Valdes Berger in Cayo Largo."

Luis Alberto Garcia stand auf und ging zu den Magnettafeln an der Wand.

„Cayo Largo sagten Sie?"

„Ja, eine Insel."

„Ich weiß, ein Naturschutzgebiet. Es gehört zu den von uns angebotenen Touren. Es ist eine wunderbare Insel. Sie liegt nicht am Atlantik, sondern auf der karibischen Seite."

Garcia verschob einen Magneten an der Tafel und schaute sich um.

„Wenn Sie Havanna morgen verlassen können, habe ich hier eine Tour, mit der Sie die Insel bequem erreichen. Eine deutsche Reisegruppe hat sich für diese Tour entschieden. Sie müssten die Dreitagereise als Teilnehmer buchen. Ein Tag ist für die Anreise mit interessanten Besichtigungen vorgesehen. Zwei Tage sind für die Insel eingeplant. Der Gruppenpreis ist für Sie günstiger, als wenn Sie allein die Reise mit Bus und Flugzeug machen müssten."

„Auf die Insel mit einer Antonow? Ich habe die russischen Maschinen auf dem Flugplatz gesehen."

„Nein, die Inseln fliegen wir mit kleinen Propellermaschinen an. Die Antonows werden für Inlandsflüge eingesetzt. Morgen früh beginnt die Tour mit dem Bus über mehrere Besichtigungsstationen nach Trinidad. Abends geht's von dort mit der Maschine rüber zur Insel."

Garcia saß inzwischen wieder auf seinem Stuhl.

Robert musste nicht lange überlegen. „Mich hält hier nichts in Havanna. Ich kann mitreisen."

„Gut, die Regularien und die Bezahlung können Sie im Raum rechts neben dem Ausgang bei unserer Isabella regeln."

Luis Alberto Garcia stand auf und reichte Robert die Hand. „Ich wünsche Ihnen viel Erfolg bei der Suche nach Ihrem Vater."

Isabella war ein älterer, gemütlich wirkender Großmuttertyp in grellbunter Kleidung.

„Ah, der Senor, der mit nach Cayo Largo reisen will. Luis Alberto hat mich gerade angerufen. Bitte setzen Sie sich."

Robert legte seinen Reisepass auf den Schreibtisch und setzte sich auf den mittleren der drei Stühle, die vor dem Tisch der Frau standen.
Isabella blätterte im Reisepass und lächelte. „Sie könnten mein Enkel sein, Roberto."
Robert zuckte zusammen, als er die spanische Version seine Vornamens, den Namen seines Vaters hörte.
Die Frau blickte in die Unterlagen auf ihrem Schreibtisch und beschrieb kurz die Reiseroute: „Von Havanna geht es über Camagüey und Santiago nach Trinidad und von dort spätabends nach Cayo Largo hinüber. Sie werden auf dieser Tour viel von Kubas Kultur und der Tier- und Pflanzenwelt der Insel zu sehen bekommen. Es wird Ihnen sicher gefallen."
Isabella lächelte Robert an. „In einer Gruppe zu reisen ist doch viel angenehmer als allein."
Sie schaute noch einmal in ihre Papiere. „Sie fahren in einem kleinen Bus mit sieben weiteren Personen. Ihre Mitreisenden sind Naturfreunde, die sich für das Schutzgebiet auf der Insel interessieren. Sie werden zum Beispiel Leguane, Schildkröten, seltene Vögel und Krokodile zu sehen bekommen. Vor der Ankunft in Trinidad macht die Gruppe einen Abstecher in das große Naturschutzgebiet Gran Parque del Escambray. Besonders dort werden Sie über die Flora und Fauna begeistert sein. Im Gruppenpreis sind zwei Übernachtungen vorgesehen. Wenn Sie länger bleiben wollen, können Sie vor Ort verlängern."
„Ich denke, dass zwei Tage genügen."

„Gut, dann stelle ich Ihre Tickets aus."
Isabella nahm einige Papiere aus der obersten Schublade ihres Schreibtischs und vervollständigte sie mit den Einzelheiten aus Roberts Ausweis. Zuletzt schrieb sie die Rechnung auf ihrem Computer. Robert leistete zwei Unterschriften und bezahlte die Rechnung. Isabella übergab ihm die Reisedokumente.

„Pünktlich um acht Uhr vor dem Hotel Melia in der Avenida Salvator Allende. Ein kleiner Bus. Reiseleiter ist Fernando. Ich wünsche Ihnen viel Spaß auf unserer kleinen Tour."

Robert bedankte sich.

Als er das Büro verließ, kam er wieder ins Grübeln. Besonders der Hinweis „Touristic Cuba" hinter dem Namen Roberto Valdes hatte ihn sehr optimistisch gestimmt, hier in der Zentrale etwas über seinen Vater zu erfahren.

„Vielleicht war es naiv zu glauben, dass ich mit kaum mehr als drei Namen als einzigem Hinweis meinen Vater auf die Schnelle in Kuba finden könnte."

Weil ihm danach war, einen Mojito zu trinken, schlenderte er durch die Altstadt. Salsa-Musik lockte ihn in die Casa de la Comedia.

Nach der Enttäuschung im Tourismusbüro war er nicht scharf darauf Salsa zu tanzen, aber etwas Ablenkung würde ihn wieder fröhlicher stimmen.

Es empfing ihn eine Bombenstimmung in dem gut besuchten Lokal. Überwiegend waren es Touristen aber auch einige Einheimische waren zu erkennen.

Auf der brechend vollen Tanzfläche versuchten Urlauber ihre Hüften im Salsa-Rythmus zu bewegen. Robert bekam einen Platz an der Tanzfläche. Am kleinen Tisch saßen schon zwei junge Kubanerinnen. Nachdem er seinen Mojito serviert bekommen hatte, entwickelte sich schnell ein Gespräch mit ihnen. Sie waren so ganz anders als die Frauen, die er während seiner Fahrenszeit in den Gaststätten der Hafenstädte kennen gelernt hatte. Diese Frauen waren nicht darauf aus, dass er sie zu einem Drink einlud. Sie wollten nur tanzen und fröhlich sein.

Es dauerte nicht lange, und Celia zog ihn auf die Tanzfläche. Dort versuchte er, so gut es ging, mitzuhalten. Irgendwann war ihm von einem Ausbilder gesagt worden, dass ein Offizier bei gesellschaftlichen Anlässen tanzen können müsse. Aber Salsa?

Als ob sie seine Gedanken las, rief Celia ihm zu: „Kuba ist die Wiege des Salsa."

„Egal", sagte er sich, „es ist kein gesellschaftlicher Anlass", und machte einfach mit wie alle um ihn herum.

Als sie zum Tisch zurückkamen, spendete ihm Alicia, die am Tisch geblieben war, begeistert Beifall. Der nächste Tanz ging an sie.

* * *

Übermüdet durch zu eine zu kurze Nacht machte sich Robert am nächsten Morgen auf zum Treffpunkt. Er sah den kleinen Bus mit ein paar Leuten davor schon von weitem.

Dort angekommen, erkannte er den Reiseleiter in seinem grünen T-Shirt. Er war im Gespräch mit einem glatzköpfigen Mann und zwei Frauen mittleren Alters. Sie waren durch ihre Rucksäcke und derben Schuhe unschwer als Touristen zu erkennen, die abseits von Stränden und Pools etwas unternehmen wollten.

Robert stellte sich mit einem Morgengruß dazu und nannte seinen Namen.

Der Reiseleiter gab ihm die Hand: „Mein Name ist Fernando."

Er sah auf seine Teilnehmerliste: „Jimmy, Annette, Heike und jetzt Robert sind abgehakt. Es fehlen noch vier Leute."

Nach einem Blick auf seine Uhr meinte er: „Zehn Minuten noch, gehen wir schon mal in den Bus."

Hinter dem Steuerrad saß der Fahrer, ein Mann von kräftiger Statur.

Robert verstaute gerade seinen Rucksack, als die vier restlichen Mitreisenden den Bus bestiegen.

Ein Ehepaar um die 40 Jahre. Mona und Wolli. Zwei sympathisch wirkende Sachsen. Als sie sich vorstellten, war nicht zu überhören, aus welcher Ecke Deutschlands sie kamen. Zuletzt bestiegen zwei junge Leute den Bus. Bei ihrer Vorstellung verstand Robert den Namen Bernd. Die junge Frau sprach sehr leise. Er hörte nur Schnulli.

Fernando begrüßte die ganze Gruppe noch einmal. Den Fahrer stellte er als Pedro vor, gab ein paar technische Erläuterungen und dann dem Fahrer einen Wink zum Start.

Robert blickte in die Runde. „Kein Rothaariger im Bus", war sein erster Gedanke.

„Werde ich schon paranoid?"

Er zwang sich, an die vor ihnen liegende Fahrt zu denken und sah sich diskret seine Mitfahrer an.

Reiseleiter Fernando sprach sehr gut deutsch. Offensichtlich stammte er von spanischen Vorfahren ab. Sein grau-blondes Haar und die blauen Augen deuteten darauf hin. Im Baskenland sind blonde Menschen nicht ungewöhnlich.

Annette und Heike waren vom Typ her Frauen, mit denen man Pferde stehlen konnte. Die beiden Sachsen Mona und Wolli schienen von der lustigen Sorte zu sein. Sie lachten jetzt schon viel. Jimmy, der Glatzköpfige, war etwa 55 Jahre alt und etwas in sich gekehrt. Roberts Blick ging zu Bernd und Schnulli. Beide jung und vielleicht auf ihrer Hochzeitsreise. Sie turtelten miteinander.

Pedro lenkte den Bus durch die Straßen Havannas. Schnell erreichten sie die Küstenstraße Malecon, die von prächtigen Altbauten gesäumt wurde.

Fernando, der vorn neben dem Fahrer saß, erklärte die Sehenswürdigkeiten. Er benötigte kein Mikrophon. In dem kleinen Bus, der maximal 12 Personen aufnehmen konnte, war er mit normaler Lautstärke von allen gut zu verstehen.

„Hier liegen die Häuser, in denen sich früher die amerikanische Mafia die Klinke in die Hand gab. Lucky Luciano, Meyer Lansky und Al Capone gingen in den Luxushotels ein und aus. Auch die Stars aus Hollywood wie Ava Gardner, Marlene Dietrich, Clark Gable und Frank Sinatra fühlten sich hier wohl. In den Häusern gab es Spielsalons und Showbühnen wie heute in Las Vegas."

Immer noch am Stadtrand Havannas umrundete der Bus eine kleine Bucht mit Fischerhäusern. Fahrer Pedro verlangsamte die Fahrt und Fernando erklärte: „Etwas für Hemingway-Fans. Das Fischerdorf heißt Cojimar. Hier wurde 1955 'Der alte Mann und das Meer` gedreht. Der Autor erlangte 1954 mit dem Roman Weltruhm und bekam den Nobelpreis. Hier im Ort lag auch sein Fischerboot `Pilar`. Er fing Merlins und ließ sich zu seinen Romanen inspirieren. Wir sehen uns gleich das Hemingway-Museum an. Dort liegt sein inzwischen renoviertes Boot."

Während Jimmy seinen Rucksack öffnete und Süßigkeiten an alle verteilte, steuerte Pedro in San Francisco de Paula den Bus auf das weitläufige Gelände der Finca Vigia, der einstigen Villa Ernest Hemingways.

Nach dem Aussteigen erzählte Fernando Einzelheiten aus der Hemingway-Zeit.

„Von 1940 bis 1960 hat Ernest Hemingway hier mit seinen beiden letzten Ehefrauen gelebt. Ich meine natürlich nacheinander."

Alle lachten. Fernando ließ sich nicht unterbrechen und sprach weiter.

„Es entstand hier zum Beispiel `Wem die Stunde schlägt`, der Roman aus dem spanischen Bürgerkrieg. Die beiden Hauptdarsteller der Verfilmung, Ingrid Bergmann und Gary Cooper, waren zu Gast. Aber auch andere Darsteller aus den Verfilmungen seiner Bücher besuchten den Autor auf seiner Finca. Spencer Tracy, der den Fischer in `Der alte Mann und das Meer` spielte, war hier häufig."

Fernando deutete auf einen Swimmingpool inmitten des üppig grünen Parks: „Dort hat einst Ava Gardner während einer Party nackt gebadet. Heute an der Tagesordnung, aber damals ein Skandal."

Die Gruppe schlenderte hinüber zur Finca, einem einstöckigen, ehemals kolonialen Landsitz. Das Haus war nur von außen durch die offen stehenden Fenster zu besichtigen.

Jagdtrophäen seiner Afrikareisen wie Wasserbüffelköpfe, Antilopengeweihe, aber auch Gemälde großer Maler zierten die Wände. Und Bücher gab es. Viele Bücher. Überall volle Regale. Selbst im Badezimmer. Fernando nannte die Zahl: 9.000 Stück.

Auf dem Weg zum Bus zurück lag die „Pilar", das Fischerboot Hemingways.

Jimmy schlug vor, ein Gruppenfoto zu machen. Alle postierten sich vor dem alten Kahn und Pedro drückte die Auslöser aller Fotoapparate, die ihm nacheinander gereicht wurden.

Im Bus öffnete Fernando einen Kühlschrank. Er war etwas größer als eine Hotel-Minibar und stand neben der vorderen Eingangstür. Befüllt war er mit Bierdosen und Wasserflaschen.

„Wer Durst hat, kann sich bedienen. Pro Getränk ein CUC. Pedro benötigt einen kleinen Nebenverdienst."

Bernd flüsterte Robert zu: „Und Fernando sicher auch."

Jimmy öffnete seinen Rucksack und verteilte großzügig Knabbergebäck.

Trinkend und Süßigkeiten kauend fuhr die Reisegruppe an prächtigen Guavenhainen vorbei, die von imposanten Palmenhainen abgelöst wurden.

Fernando, der gerade einen Schokoriegel verzehrt hatte, meldete sich wieder: „Es ist überliefert, dass Christoph Columbus, als er 1492 erstmals Kuba betrat, sagte, dass dieses Land das Schönste sei, das menschliche Augen je gesehen hätten."

Nach einigen Kilometern wechselte die Landschaft. Sattgrüne Tabakpflanzenfelder bestimmten jetzt das Bild. Dazwischen immer wieder tennishallengroße Holzbauten.

Aus dem hinteren Teil des Wagens meldete sich Bernd: „Fernando, was sind das für Hallen?"

Der Reiseleiter erklärte: „In diesen gut belüfteten Scheunen werden die Tabakblätter getrocknet. Erst nach diesem Prozess können sie zu den kubanischen Exportschlagern Cohibas und anderen Marken verarbeitet werden.

Links und rechts der Straße tauchten im leichten Wind wogende Zuckerrohrfelder auf. Schmale Türme waren darin zu erkennen.

Wolli stellte lautstark eine Frage: „Fernando, als ehemaliger DDR-Bürger kenne ich Wachtürme. Aber was sollen diese Türme in den Zuckerrohrfeldern?"

Der Reiseleiter konnte Auskunft geben: „Gebaut wurden diese Türme in der Zeit der Sklaverei. Aufpasser hielten darauf Ausschau nach nicht oder langsam arbeitenden Sklaven. Ihr könnt euch sicher vorstellen, dass die Ertappten nicht gerade mit Samthandschuhen angefasst wurden. Man peitschte sie zumindest aus. Heute dienen die Türme nur noch als Geräteschuppen und Unterstände für die Macheteros, also für die Zuckerrohrschneider. Trotz moderner Erntemaschinen kann die Landwirtschaft auf die Handarbeit dieser Männer nicht ganz verzichten. Am Rande für die Ornithologen unter euch vielleicht ganz interessant, dass auf den Türmen jetzt verschiedene Vogelarten ihre Nester bauen."

„Wie auf den ehemaligen Grenzsicherungstürmen an den Grenzen der DDR; dort sind inzwischen sogar Nisthilfen angebracht worden", ließ sich Wolli in breitestem Sächsisch hören.

Immer wieder begegneten ihnen offene Lastwagen, die zu Bussen umfunktioniert waren. Als Sitzgelegenheiten dienten Holzbänke. Ein- und Ausstieg erfolgte über angelehnte Leitern. Sie erinnerten Robert an die maritimen Lotsen- und Jacobsleitern auf Schiffen, die außenbords herabgehängt wurden und sonst an Bord verstaut waren. Auch Pferdegespanne begegneten ihnen oder wurden überholt. Und immer wieder die alten amerikanischen Straßenkreuzer.

Nachdem ihr Bus kurz halten musste, weil zwei Cowboys mit einer Rinderherde die Straße überquerten, kündigte Fernando als nächstes Ziel ein koloniales Schmuckstück an: Camagüey, die Hauptstadt der größten kubanischen Provinz und drittgrößten Stadt des Landes.

Fernando übertrieb nicht. Als sie auf dem Platz der Republik standen, bestaunten alle den größten Altstadtkern nach dem in Havanna.

Sie liefen durch malerische Gassen und über Plätze, bis sie zum Tor eines Friedhofs kamen.

Fernando wartete, bis die ganze Gruppe beisammen war, bevor sie eintraten. Er erklärte nichts.

Robert und Jimmy sahen sich an. „Ein Friedhof?", sagten ihre Blicke.

Nach einigen Schritten wurde es hell. Nicht vom Himmel her, der den ganzen Morgen wolkenlos war, sondern durch den blendend weißen Marmor, aus dem die zahlreichen Grabsteine, Mausoläen, Statuen und Grabsäulen gefertigt waren. Tonnen von weißem Marmor waren hier verbaut worden.

Gleich am Anfang des Friedhofs befand sich das überdimensionierte Mausoläum der Familie Bacardi. Es war eine absolute Sehenswürdigkeit. Auch die kaum weniger groß geratenen Grabmale der Zuckerbarone waren aus Marmor.

„Alles echter Carrara-Marmor, speziell aus Italien herbei geschafft", erklärte Fernando den staunenden Touristen.

Langsam wanderte die Gruppe durch die schneeweiße Pracht bis ans Ende des Friedhofs. Dort zeigte der Reiseleiter ihnen das einfache Grab des im Jahre 2003 mit 95 Jahren verstorbenen Compay Seguso. „Er war Gründungsmitglied des Buena Vista Social Club. Das legendäre Konzert der kubanischen Altstars in der New Yorker Carnegie Hall war innerhalb von drei Stunden ausverkauft", erzählte Fernando. Auf dem Grab stand eine volle Flasche Rum. Daneben lagen einige Zigarren.

Der Reiseleiter berichtete, dass diesem Mann, der als Nationalheiligtum galt, jedes Jahr an seinem Todestag von offizieller Seite eine Flasche Rum und zehn Cohiba-Zigarren auf sein Grab gelegt wurden. Vielleicht hatte er sich vor dem Tod sein Lebenselixier statt Blumen als Grabschmuck gewünscht.

Die Gruppe verweilte einen Moment an der letzten Ruhestätte dieses großartigen Musikers. Robert ging dabei durch den Kopf, dass die jetzige Jahresmenge zu Lebzeiten des Mannes vielleicht als Wochenration gereicht hätte.

Fernando drängte zur Weiterfahrt: „Unser nächstes Ziel ist Trinidad."

Sein Hinweis, dass es dort Mittagessen gäbe, machte allen Beine.

Auf dem Weg zum Bus ging Robert an Fernandos Seite. Er erzählte ihm in Kurzform von der Suche nach seinem Vater. Der Reiseleiter hörte sehr interessiert zu, bevor er etwas sagte: „Da gibt es Parallelen mit meinem Lebenslauf. Ich war auch in der DDR. Nicht als Student, sondern zur Ausbildung als Facharbeiter. In Karl-Marx-Stadt, also heute wieder Chemnitz. Ich habe eine Ausbildung zum Elektrotechniker gemacht. Nach meiner Rückkehr bin ich dann wegen meiner Deutschkenntnisse in der Touristik-Branche gelandet. Der Reiseboom mit deutschen Urlaubern begann gerade. Viele der Kollegen, die in Deutschland waren, gingen diesen Weg. Deine Idee, den Vater bei den Reiseleitern zu suchen, war richtig. Aber es gibt noch so viele andere Möglichkeiten, wo es ihn beruflich hingeführt haben könnte. Wenn Jorge ihn nicht kennt, ist er nicht in unseren Reihen."

TRINIDAD 11/2016

Im Bus erzählte Fernando etwas über die Geschichte der Stadt. „Von Trinidad brach Hernando Cortez zu seinem Eroberungs- und Goldraubfeldzug nach Mexiko und Venezuela auf. Durch den vor Trinidad liegenden Hafenort Casilda entwickelte die Stadt sich zu einer Drehscheibe zwischen dem karibischen Raum und den Kolonialländern. Mit Tabak, Vieh und Leder wurden die spanischen Windjammer beladen, und aus der Heimat wurden Wein, Gewürze und edles Mobiliar aus Italien und Frankreich heran geschafft. Piraten überfielen häufig die wohlhabende Handelsmetropole. Sie raubten alles, was nicht niet- und nagelfest war. Ab Ende des 18. Jahrhunderts konnten die Kaufleute und Plantagenbesitzer ihren Reichtum wieder vermehren, bis die Sklavenaufstände und der erste Unabhängigkeitskrieg gegen Spanien ab 1868 den wirtschaftlichen Niedergang Trinidads einleiteten. Die Stadt blieb wegen ihrer isolierten Lage hinter der Sierra del Escambray Jahrzehnte lang von mo-

dernen Einflüssen wie Autobahnen und Industriebauten verschont."
Fernandos Stimme wurde etwas lauter.
„1988 erklärte die UNESCO die Stadt mit ihren einzigartigen Bauwerken zum Weltkulturerbe."
Der Reiseleiter machte eine Pause, um etwas Wasser zu trinken.
Er sah in die Reihen seiner ihm anvertrauten Touristen. „Langweile ich euch?"
„Nein, erzähle bitte weiter", rief Annette. „Das interessiert uns sehr. Wir haben die Reise hierher doch nicht nur wegen der schönen Tier- und Pflanzenwelt gemacht!
Fernando legte seine Wasserflasche zur Seite.
„Ich will euch nicht mit langen Vorträgen langweilen, aber etwas muss noch gesagt werden: Die große Bedeutung Trinidads verdankt sie dem Sklavenhandel. Das darf nicht verschwiegen werden. Ab dem Jahr 1525 wurden die Menschen aus Afrika herangeschafft. Nur zwei Drittel der in den dunklen Schiffsbäuchen eingepferchten und aneinander geketteten Menschen überlebten die Atlantiküberquerung. Mit Peitschen und üblen Folterinstrumenten machten die Kolonialherren ihr menschliches Eigentum gefügig. Die kubanische Zucker-Aristokratie entwickelte sich auf dem Rücken von mehr als einer Million aus Afrika verschleppter Menschen. Nur wenigen gelang die Flucht. Sie versteckten sich in den Wäldern vor den brutalen Kopfgeldjägern mit deren Hunden. Die

Gefassten wurden zur Abschreckung auf öffentlichen Plätzen hingerichtet."

Fernando öffnete noch eine Flasche Wasser.

„Euer Landsmann, der große Naturwissenschaftler Alexander von Humboldt besuchte 1801 Trinidad mehrere Tage. Er beobachtete die Sklaven und erkundigte sich bei seinen Gastgebern nach deren Lebensbedingungen. Als er die Einzelheiten hörte, war er empört und hat sich später für die Abschaffung der Sklaverei und gegen die Ausbeutung menschlicher Arbeitskraft eingesetzt."

Während der Reiseleiter seine überstrapazierten Stimmbänder mit einem Schluck Wasser schmierte, wirkten seine Zuhörer betroffen.

Bernd meldete sich wieder aus der hinteren Reihe: „Fernando, in welchem Jahr wurde die Sklaverei auf Kuba beendet?"

„Offiziell wurde der Sklavenhandel ab dem Jahr 1820 verboten. Der Menschenschmuggel ging aber illegal weiter. Auch mit Kindern. Die dann im Jahre 1878 endlich befreiten Menschen blieben weiter als eine Art Staatssklaven bei den Herren der Insel tätig."

Robert blickte auf den schwarzen Fahrer des Busses. Er schätzte sein Alter auf 60 Jahre und rechnete. Pedros Großvater konnte noch einer dieser bedauernswerten Menschen gewesen sein.

Längere Zeit herrschte Schweigen im Bus, bis Fahrer Pedro den Wagen am Stadtrand von Trinidad parkte.

„In der Innenstadt sind Autos tabu", erklärte Fernando. „Wir machen nur einen kurzen Spaziergang durch die Stadt zum Restaurant. Seht euch das Weltkulturerbe an. Zurück zum Bus nehmen wir einen anderen Weg. Ihr bekommt also genug zu sehen. Der zweite Teil des Tages gehört der Natur. Dann geht es hoch in den Regenwald."

„Wie, als Wanderer?", fragte Wolli.

„Nein, lasst euch überraschen", meinte Fernando, der mit ausholenden Schritten voran ging.

Die Architektur Trinidads war überwältigend. Robert war begeistert. Bei seinen Mitreisenden hatte er das Gefühl, dass sie sich mehr auf die Naturerlebnisse freuten, die für den Nachmittag vorgesehen waren. Außerdem waren alle hungrig und freuten sich auf das Mittagessen.

Es gab wieder das typisch kubanische Gericht aus Fleisch, schwarzen Bohnen und Reis, der auch in Kuba angebaut wurde. Reisfelder waren ihnen bei ihrer Fahrt aufgefallen.

Heike, die am Mittagstisch neben Fernando saß, kam auf Guantanamo zu sprechen.

Fernando bestätigte das Vorhandensein: „Ja, im äußersten Südosten von Kuba an der Guantanamo Bay besitzen die US-Amerikaner ihre Marinebasis. Wie ich eben erzählt habe, wird auf Kuba seit Ende der Sklaverei nicht mehr gefoltert. Eine Ausnahme bilden die Amerikaner, die in ihrem Internierungslager die Gefangenen unmenschlich quälen. Präsident Barack Obama kündigte zu Beginn seiner Amtszeit die

Auflösung des Lagers an, doch es existiert immer noch. Aber lassen wir die Politik. Der bekannte Evergreen Guajira Guantanamera wurde in den 60er Jahren von dem amerikanischen Sänger Pete Seeger weltberühmt gemacht. Das Lied ging um die Welt. Von anderen Interpreten werdet ihr es sicher auch schon gehört haben."

Als sich die Reisegruppe wieder am Ausgangspunkt bei ihrem Bus einfand, erwartete sie eine Überraschung. Vor ihrem kleinen Bus stand ein Monstrum von offenem Militärlaster. Uralt und die Karosserie leicht zerbeult. Auf der Ladefläche gab es nur primitive Sitzgelegenheiten. Fernando informierte über den weiteren Ablauf des Nachmittags.

„Damit geht es über die Schotterpisten hinauf in die Natur. Nehmt nur euer Handgepäck und Fotoapparate mit. Alles andere bleibt im Bus. Pedro bleibt hier, um uns heute Abend zum Flughafen zu fahren. Und jetzt hinauf mit euch."

Schnell erklommen Robert und seine mitreisenden Naturfreunde die hoch gelegenen Sitzgelegenheiten auf dem alten Vehikel. Während die meisten der Reisenden Fotoapparate oder Ferngläser mitnahmen, wuchtete Wolli einen geigenkastenähnlichen Koffer auf das Fahrzeug. Bisher war dieses Ungetüm im Kofferraum des Busses verborgen gewesen. Alle blickten neugierig. Roberts Frage nach dem Inhalt beantwortete Wolli, nachdem er sich von dem Aufstieg etwas verschnauft hatte.

„Ich habe mein Spektiv mit!"

Von Bernd, der mit Schnulli auch hier in der hintersten Reihe saß, kam sofort die Frage: „Was ist das denn?"

„Ach Bernd, du bist ja noch ein Frischling unter uns Naturfreunden. Ich erklär`s dir mal." Wolli dozierte.

„Mein Spektiv ist einfach gesagt ein Fotoapparat auf einem Stativ. Sehr gut geeignet für die Vogelbeobachtung im Gelände. Ich habe ein hochwertiges Jagdspektiv mit Schrägeinblick und integrierter Superkamera, ausgestattet mit Teleobjektiv mit einer großen Brennweite mit bis zu 40facher Vergrößerung. Damit kann ich den kleinsten Kolibri in großer Entfernung einfangen. Auch bei nicht idealen Lichtverhältnissen. Spektive werden übrigens neben der Vogelbeobachtung auch für zivile und militärische Überwachung eingesetzt. Du kannst nachher mal einen Blick durchwerfen."

In einem atemberaubenden Tempo ging es in Serpentinen die Schotterpisten mit tiefen Bodenwellen hinauf Richtung Regenwald. Schnulli lag in Bernds Armen und beklagte die Brechreiz verursachende Höllenfahrt.

Die Tour endete auf einem Schotter-Parkplatz, der vor einer kleinen Hazienda lag. Zwei Fahrzeuge parkten auf dem Platz. Eines der Fahrzeuge war ein Grand Cherokee. Der zweite Wagen war auch ein kompaktes Geländefahrzeug. Beide Wagen waren leer. Wanderer mussten demnach im Naturschutzgebiet unterwegs sein.

Fernando blickte in die Runde.

„Diese Hazienda liegt in 800 Meter Höhe, und ab jetzt gibt es nur noch Natur mit Fußwegen. Ihr werdet über die Artenvielfalt in diesem Biosphärenreservat staunen."

Heike und Annette nahmen ihre Rucksäcke und wechselten ihre leichten Schuhe gegen derbe Wanderstiefel. Wolli trug seinen Geigenkasten in der Hand. In seinem Rucksack befanden sich neben der obligatorischen Wasserflasche einige Zusatzgeräte für sein Spektiv.

Nicht lange und die Reisegruppe wurde von Kolibris umschwirrt. Bunte Papageien lärmten in den Bäumen und allerlei Getier raschelte im Laub unter den Bäumen. An den Rändern der ausgetretenen Fußwege standen riesige Kakteen und dahinter farbenprächtige Ochideen.

Robert beobachtete, wie seine Begleiter Kameras, groß wie Geschosse aus ihren Rucksäcken nahmen und präparierten. Bernd richtete seinen Fotoapparat auf die sattgrüne Umgebung. Der Auslöser klickte wie Maschinengewehrfeuer.

Fernando ging voran und erläuterte die Flora.

„Seht ihr die klammerartig umwucherten Bäume? Es sind Bromelien, die so kräftig wachsen und die Bäume zum Absterben bringen. Als Schmarotzer-Pflanze lässt die Bromelie dem Baum keine Chance.

Und daneben steht der von Ameisen bewohnte Ameisenbaum. Spechte holen sich die Insekten als Nahrung aus den Löchern in der Baumrinde.

Plötzlich ertönte ein Schrei von Schnulli: „Hilfe, eine Schlange!"

Fernando ging hinüber an den Rand des Weges und beruhigte Schnulli: „Ein harmloses Tier. Giftige Schlangen gibt es auf Kuba nicht."

Das schnürsenkellange Tier verschwand schnell im Unterholz.

Jetzt deutete der Reiseleiter auf eine unbedeutend aussehende Pflanze.

„Ein Annattostrauch. Sein Samen enthält einen intensiven roten Farbstoff, der zum Färben von Lebensmitteln, zum Beispiel Reis, verwendet wird.

Ein paar Schritte weiter zeigte Fernando der Gruppe einen Johannisbrotbaum. Wer mochte, konnte die Früchte probieren.

Während sie es sich gut schmecken ließen, ertönte ein Ruf von Wolli, der etwas zurück geblieben war: „Haltet mal, ich habe was entdeckt."

Er war bereits dabei, sein Spektiv aufzubauen, als sie die paar Schritte zurückgekommen waren. Er bedeutete allen, absolut ruhig zu sein.

Mit den Augen am Spektiv justierte er die Brennweite und flüsterte: „Ein Tocororo, der kubanische Nationalvogel."

Nacheinander durften alle an das Spektiv gehen und sich den Vogel ansehen. Auch Robert sah das etwa taubengroße Tier auf dem Ast eines Ameisenbaumes in etwa 40 Meter Entfernung.

„Er glänzt in Blau, Weiß und Rot, in den Nationalfarben Kubas", meinte er.

„Sehr gut beobachtet", sagte Wolli, richtete sein Spektiv neu aus, und ließ es sich nicht nehmen, den anderen seine Beobachtungen laut mitzuteilen. Die waren nicht sonderlich daran interessiert und schlenderten unter Führung des Reiseleiters weiter.

„Was ist das für ein Idiot, scheucht den Tocororo fort und steht jetzt wie ein Depp unter dem Baum", kam es von Wolli. „Schau ihn dir an, diesen Hampelmann!"

Robert ging an das Spektiv und konnte kaum glauben, was er sah: Einen rothaarigen Mann, der sich offenbar unbeobachtet fühlte. Bei der Entfernung natürlich verständlich. Aber soviel Zufälle konnte es nicht geben.

„Kannst du ihn für mich fotografieren? fragte er Wolli.

„Kein Problem!"

Jetzt war wieder Wolli am Spektiv. Gleich mehrfach betätigte er den Auslöser der Kamera.

„Was ist mit euch, wir wollen weiter", schallte die Stimme des Reiseleiters von vorn. Wir müssen beieinander bleiben."

Wolli klemmte sein Spektiv unter den Arm und die beiden Männer beeilten sich, um zur Gruppe aufzuschließen.

Der Rest des Nachmittags galt den grandiosen Naturschönheiten, der interessanten Tierwelt und den besonderen Pflanzen.

Während seine Mitreisenden oft in Begeisterungsrufe ausbrachen, zog an Robert der Rest des Nachmittags wie ein zu schnell abgespielter Film vorbei. Er war mit seinen Gedanken woanders. Seine Mutter erwähnte in ihrem Tagebuch einen üblen jungen Burschen mit roten Haaren. Auch Hermine Poggensee, die Hebamme, erzählte bei seinem Besuch in Berlin von einem Rothaarigen, der ihr in der Klinik unangenehm aufgefallen war. Und jetzt zum dritten Mal ein Rothaariger in seiner Nähe. Das konnte doch kein Zufall sein. Allerdings lagen zwischen den Begegnungen damals und heute 26 Jahre. Dieser Gedanke beruhigte ihn aber nur etwas, als sie wieder am Ausgangspunkt, dem Parkplatz der Hazienda, eintrafen.

Robert registrierte, dass die beiden Jeeps nicht mehr dort standen.

Zum Abschluss der Exkursion gab es einen Drink an der Bar der Hazienda. In fröhlicher Runde kamen Roberts Lebensgeister zurück.

Pedro stand in Trinidad mit ihrem Bus zur Abfahrt zum Flughafen bereit. Nach einer kurzen Pinkelpause konnten sie starten.

Wolli und Mona saßen jenseits des Ganges auf gleicher Höhe mit Robert. Er sah, wie der Leipziger aus seinem Geigenkasten, etwas umständlich in dem engen Bus, einen Pocket-Drucker heraus nahm. Auf seinen Knien verband er das Gerät mit seiner Kamera. Es dauerte nicht lange, und der kleine Drucker warf nacheinander zwei Bilder aus.

Wolli reichte die Fotos zu Robert hinüber. „Bitte schön."

Die Bilder waren scharf. Auch wenn sie an alte Polaroidfotos erinnerten. Der Rothaarige war deutlich und klar zu erkennen. Robert bedankte sich. „Die ersten Drinks drüben auf Cayo Largo gehen auf mich."

Robert betrachtete den Mann auf dem Foto. Die leichten Zweifel, die er bisher gehegt hatte, waren jetzt wie weggeblasen. Er war sich absolut sicher. Das war der Mann, dem er in Hamburg und Havanna und jetzt auch hier im Regenwald begegnet war.

Immer wieder blickte er sich die Fotos an. Der Mann konnte etwa 50 Jahre alt sein. Er wirkte etwas zerknittert. Das würde passen. Vor 26 Jahren konnte er ein Jungspund, wie Hermine Poggensee gesagt hatte, von 26 Jahren gewesen sein.

Robert fühlte sich äußerst unbehaglich und spürte ein Kribbeln am ganzen Körper. Wolli fragte nicht, weshalb er ihn um die Fotos gebeten hatte. Der Naturfotograf freute sich nur darüber, dass er einen Mitreisenden von der guten Qualität seines Spektivs hatte überzeugen können..

Erst als die Gruppe in dem kleinen Propeller-Flugzeug saß, die Maschine abhob und der kurze Flug nach Cayo Largo begann, war Roberts Kribbeln verschwunden.

Außer den Mitgliedern seiner Gruppe mit dem Leiter Fernando waren noch acht weitere Passagiere an Bord.

Robert stellte erleichtert fest, dass kein Rothaariger dabei war.

CAYO LARGO 11/2016

Das Bild, das sich ihnen bot, hätte aus einem Hochglanz-Werbeprospekt für Reisen in die Karibik stammen können. Die Gruppe saß an drei Tischen verteilt auf der Terrasse des kleinen Hotels und frühstückte. Der weiße Strand, das azurblaue Meer, die vereinzelt stehenden Palmen und dazu die angenehmen Temperaturen waren überwältigend.

„Gartencafe mit Landebahn", war die Bezeichnung, die Bernd dem kleinen Flughafen gab. Den kurzen Weg zum Hotel konnten sie nach ihrer Ankunft zu Fuß bewältigen. Sie gingen den direkten Weg.

Das war von Fernando gefordert worden: „Eine Erkundung der Umgebung ist zu dieser späten Stunde in der Dunkelheit nicht ratsam. Der Strandbereich des Hotels ist gesichert und damit ungefährlich. In den weiter entfernt liegenden Sümpfen kann es aber schon mal zu Begegnungen mit Krokodilen kommen. Also, den Abend an der Theke verbringen oder gleich ins Bett gehen."

Nachdem alle ihr Reisegepäck in den Zimmern untergebracht hatten, war es an der Bar des Hotels zu einem fröhlichen Ausklang des Tages mit einigen Drinks gekommen. Der Umtrunk fand ohne Fernando statt, der auf sein Zimmer gegangen war.

Robert konnte mit der Übernahme der ersten Getränke seine Schuld bei Wolli begleichen. Nach einer Mojito-Runde empfahl der Barkeeper ihnen einen speziellen Inseldrink.

„Nur zu, für alle", nahm Wolli die Empfehlung an. Bis auf Robert und Schnulli waren alle von dem Getränk begeistert, und Jimmy orderte die nächste Runde.

„Was ist da drin?", fragte er nach einem großen Schluck den Barkeeper.

„Nur gesunde Zutaten. Ingwer, Honig, Zitrone und Vitamin R."

„Vitamin R", fragte Jimmy.

„Ja, Rum, weißer kubanischer Rum."

Robert erfuhr von dem Barkeeper, dass auf der in der Nähe gelegenen Schildkrötenfarm auch zwei junge Frauen arbeiteten. Der Name Carolina Valdes Berger sagte ihm nichts.

„Einheimische sind hier im Hotel nur als Servicekräfte tätig. Als Gäste kommen sie nicht zu uns."

Nach dem Frühstück hörte Robert von Fernando, dass die erste naturkundliche Wanderung an der Schildkrötenfarm vorbei Richtung Sümpfe gehen sollte. Es wäre kein Problem, wenn Robert auf der Farm Erkundigungen einziehen würde. Die Gruppe würde draußen solange von ihm mit Naturschilderungen unterhalten. Mit festem Schuhwerk, Fotoapparaten und Ferngläsern zog die Gruppe los. Wolli trug seinen Spektiv-Geigenkasten. Zu ihnen gesellt hatte sich ein großer Schwarm Aztekenmöven. Fernando erzählte, dass an der Südküste Kubas und den davor liegenden Inseln die größten Sümpfe der Karibik lägen und dort auch Krokodile ihre Heimat hätten.

„Nur auf Kuba lebt das Rauten- oder Kubakrokodil als endemische Art. Dieses Salzwasserkrokodil gilt als besonders gefährlich. Es ist aggressiv, schützt aber nur sein Territorium. Es kann eine Körperlänge von 3,50 Meter erreichen und hat eine Beißkraft von 1,5 Tonnen. Das Kubakrokodil geht öfter im Hochgang als andere Krokodile, hat kräftigere Beine und kann deshalb auch größere Beute in Ufernähe an Land jagen. Es ist vom Aussterben bedroht; deshalb gibt es auf Kuba Farmen, die sich mit der Nachzucht dieser Tiere beschäftigen."

Fernando blickte in die Runde seiner ihm Anvertrauten.

„Wir haben die Krokodile erst morgen in unserem Programm. Ich habe euch heute schon etwas ausführlicher über diese Tiere erzählt, damit ihr wisst, was euch bei Alleingängen erwarten kann. Also immer schön beisammen bleiben."

„Was ist mit der Vogelwelt auf Cayo Largo", fragte Wolli.

„Wir werden die Brutgebiete der Kuba-Flamingos und der Grünreiher aufsuchen. Da bekommst du schöne Motive vor dein Spektiv", beruhigte der Reiseleiter den Hobby-Ornithologen.

Der Besuch der Schildkrötenfarm war für Robert eine Enttäuschung. Die Biologen waren für einen Tag in das Umweltministerium gerufen worden. Der einzige Mitarbeiter auf der Farm war ein etwas debil wirkender Mann. Er sei nur zur Bewachung vor Ort und wisse nicht mehr. Diese Information war ihm nur sehr schwer abzuringen. Robert versuchte dem Mann zu sagen, dass er am nächsten Tag wiederkommen würde.

Er schloss sich wieder seiner Reisegruppe an, die vor der Farm wartete.

Während Fernando gerade etwas über Flamingozungen, eine Meeresschneckenart erzählte, sah und hörte man wieder eine kleine Propellermaschine, die sich im Anflug auf Cayo Largo befand.

Nicht weit von der Schildkrötenfarm entfernt, erreichten sie die Eiablagestrände der Meeresschildkröten.

„Auf Cayo Largo sind die Haupt-Eiablagestrände der Karibik. Zwischen Mai und September kommen die Tiere zur Eiablage hierher", ließ Fernando sich vernehmen.

Robert folgte kaum den Ausführungen des Reiseleiters. Normalerweise wäre er interessiert gewesen, aber er war in Gedanken schon beim nächsten Tag. Er hoffte, dass er endlich eine Spur zu seinem Vater finden würde. Er zeigte sich aber nicht völlig uninteressiert und lief die Tour weiter mit.

Mittags verzehrten sie die Brote und etwas Obst aus den vom Hotel mitgegebenen Lunchpaketen. Nach einer ausgiebigen Rast machten sie sich auf einer anderen Route auf den Heimweg ins Hotel. Auch auf dieser Wegführung waren die Naturfreunde wieder begeistert von der Umwelt.

Wolli packte sein Spektiv gar nicht mehr ein, sondern schleppte es ausgefahren weiter, um es bei nächster Gelegenheit sofort wieder auf ein Motiv richten zu können.

Abends nach dem Essen, ging es wieder an die Bar. Mojito und Vitamin R waren die bevorzugten Drinks. Robert verabschiedete sich früh. Vielleicht würde es morgen ein ereignisreicher Tag werden. Er wollte nicht mit einem Kater aufwachen.

Robert war schon auf den Beinen, bevor das Frühstück angerichtet wurde. Die Naturfreunde träumten sicher noch von exotischen Tieren, interessanten Pflanzen und Vitamin R.

Der Reiseleiter war auch noch nicht zu sehen. Vermutlich träumte auch er noch.

Robert ging auf die Terrasse und sah einen Teil der Sonne, die glutrot über dem azurblauen Meer aufging.

Ein Blick auf seine Armbanduhr sagte ihm, dass bis zum Frühstück noch reichlich Zeit für einen kleinen Spaziergang war. Er lenkte seine Schritte Richtung Schildkrötenfarm. Auch dort herrschte Stille.

Er schlenderte den schmalen Weg entlang, der Richtung Ozean seitlich an der Farm vorbei führte. Dabei musste er aufpassen, keine Strandkrabben zu zertreten, die den Weg überquerten.

Robert roch das Meer und hörte das Klatschen der Wellen, die gegen die im Uferbereich liegenden Felsen schlugen.

Er war an der Felskante einer Steilküste angekommen und blickte auf das Meer. Die Sonne strahlte inzwischen in voller Pracht über dem Wasser.

Ein Geräusch vom Felsen links vor sich veranlasste Robert, sich etwas zur Seite zu drehen.

Es war kein Schlag, der ihn traf. Aber so ähnlich musste es sich anfühlen, falls man überhaupt noch etwas fühlte, wenn einen der Schlaganfall traf. Ein Adrenalinschub fuhr durch seinen Körper, und er riss instinktiv beide Hände hoch.

Robert blickte in die Mündung einer großkalibrigen Pistole mit Schalldämpfer. Gehalten wurde die Waffe von dem Mann, der auf Wollis Fotos abgebildet war. Der Rothaarige! Der Mann, der ihn seit Hamburg zu verfolgen schien.

Angesichts der Situation erschien es Robert albern, seine Arme hoch zu halten. Ob oben oder unten;

solange der Rothaarige die Waffe auf ihn hielt, gab es kaum eine Chance der Gegenwehr.

Der Rothaarige sah das offenbar genau so.

„Hast du es mit?", fragte er nur.

„Was soll ich mithaben?"

„Das Tagebuch deiner Mutter natürlich."

„Nein, ich habe es nicht mitgenommen."

„Wo ist es versteckt?"

„Es ist in Deutschland."

„Wir werden es finden. Für deinen Großvater wird das kein Problem sein. Du weißt zuviel, deshalb musst du sterben. Mit dem Inhalt des Tagebuchs kannst du deinen Großvater vor Gericht bringen. Mord verjährt nicht. Oben im Regenwald warst du schon so gut wie tot. Leider ist dieser Idiot mit seinem Fotostativ dazwischen gekommen."

„Mein Großvater lebt?"

Der Rothaarige machte einen Schritt aus dem Schatten des Felsens auf Robert zu und war jetzt dicht vor ihm. Sie standen beide seitlich zur Steilküsten-Kante. Robert sah, dass die Zähne des Mannes fast schwarz, wie angefault waren. Nur ein einzelner Goldzahn in der Reihe der oberen Schneidezähne deutete darauf hin, dass der Rothaarige einmal bessere Zeiten gesehen haben musste.

„Natürlich lebt dein Großvater, er ist putzmunter. Er wohnt in Rahlstedt, ganz in der Nähe deiner Wohnung."

Fieberhaft arbeitete Roberts Gehirn. Er sah im Moment keine Chance für sich. Er war sich absolut sicher, dass der Rothaarige sofort von seiner Schusswaffe Gebrauch machen würde, wenn er versuchte, ihn zu attackieren. Irgendwo aus der Nähe hörte Robert das Gekläff mehrerer Hunde.

„Ich muss Zeit gewinnen", dachte er.

„Was ist mit meiner Mutter damals in der Klinik passiert?"

„Die war nicht linientreu und musste liquidiert werden."

Robert sah, dass die gleißenden Sonnenstrahlen am T-Shirt des Mannes hoch wanderten. Sie hatten den Halsausschnitt fast erreicht. Nicht mehr lange, und sie würden ihn blenden. Der Rothaarige trug keine Sonnenbrille. Das könnte eine Chance sein.

„Mein Vater, was passierte mit ihm?"

„Der musste nach Kuba zurück."

„Aber was passierte dort?"

„Schluss jetzt mit dem Gequatsche . . ."

Der Rothaarige konnte seinen Satz nicht beenden. Während er die freie Hand über die von den Sonnenstrahlen geblendeten Augen hielt, schlug Robert ihm mit einem Schlag die Pistole aus der Hand. Die Waffe flog in einem hohen Bogen die Steilküste hinab in den sumpfigen Untergrund. Gleichzeitig stieß er sein rechtes Knie in die Magengegend des Rothaarigen, der sich vor Schmerzen krümmte und nach vorn direkt vor Roberts Beine torkelte. Dort musste er sich übergeben.

Der Rest war sehr einfach. Robert gab dem sich krümmenden und nach Luft ringenden Mann mit beiden Händen einen kräftigen Stoß.

Mit einem Aufschrei stürzte der Rothaarige über die Felskante und landete auf dem sumpfigen und krautigen Grund des Uferbereichs.

Robert blickte hinunter und sah, dass der Mann noch lebte. Der Sturz war durch die Vegetation offenbar aufgefangen worden. Sein Schrei beim Sturz von der Felskante war inzwischen in ein Wimmern übergegangen.

Robert wunderte sich über die Geschwindigkeit, mit der sich ein ausgewachsenes Krokodil aus seinem Versteck heraus auf den Eindringling in sein Territorium zu bewegte.

Robert sah, wie der Rothaarige versuchte, davon zu kriechen. Er war ohne jede Chance. Das Wimmern des Mannes verstummte, als das gewaltige Maul des riesigen Tieres den Rothaarigen vom Kopf bis zum Brustkorb packte, ihn schüttelte und in kleinere Teile zerfetzte.

Robert wandte sich ab. Den Rest musste er sich nicht mit ansehen. Ihm zitterten so schon die Beine und ihm war übel.

Innerlich aufgewühlt, aber froh, dass er diese Begegnung lebend überstanden hatte, ging er zum Hotel zurück. Dabei begegnete er einer Gruppe Menschen, die mit der kleinen Frühmaschine oder einer Schnellboot-Fähre auf die Insel gekommen sein mussten.

Seine Vermutung, dass es die Biologen der Schildkrötenfarm sein könnten, bestätigte sich. Nach einigen Fragen war es klar: Eine der beiden jungen Frauen war Carolina Valdes Berger.

Während die Kollegen der Frau zum Tor der Farm gingen, nannte Robert ihr seinen Namen. Er erzählte, er sei auf der Suche nach seinem Vater mit dem Namen Roberto Valdes und fragte, ob sie ihm helfen könne.

Carolina Valdes Berger, eine attraktive Frau Mitte zwanzig, blickte etwas erstaunt, nickte dann und sagte auf Deutsch: „Sehr gut möglich, dass ich helfen kann. Ich muss mich jetzt um meine Tiere kümmern. Um 17 Uhr habe ich Feierabend. Dann könnten wir uns treffen."

Roberts Herz klopfte. Er schien seinem Ziel näher zu kommen.

„Gut, ich hole dich hier ab. Im Hotel könnten wir sprechen."

„Nein, das geht nicht. Touristenhotels sind für Einheimische tabu. Wir sollten in eine Bar im Ort gehen."

„Auch in Ordnung, ich bin pünktlich hier."

Carolina Valdes Berger eilte ihren Kollegen in die Schidkrötenfarm nach.

Robert war aufgefallen, dass Carolina ein gutes Deutsch mit kleinen Unebenheiten sprach.

Als er sein Hotel betrat, sah er die marschbereite Wandergruppe in der Vorhalle. Fernando machte ihm

Vorhaltungen über seinen Alleingang, ohne sich abgemeldet zu haben.

Robert nahm den Reiseführer zur Seite und klärte ihn über seine momentane Situation auf. Den dramatischen Zwischenfall mit dem Rothaarigen erwähnte dabei nicht.

„Ich sehe jetzt eine Möglichkeit, etwas über meinen Vater zu erfahren. Ich werde hier noch zwei Tage dranhängen."

Fernando hatte volles Verständnis und führte darauf hin von der Rezeption einige Telefonate, um für Robert einen späteren Rückflugtermin zu buchen und auch die Reservierung im Hotel zu verlängern.

Während die Gruppe unter der Leitung ihres Reiseleiters davon zog, ging Robert in den Frühstücksraum. Er nahm außer einer Tasse Kaffee nichts zu sich. Der Appetit war ihm nach den Vorkommnissen des frühen Morgens vergangen. Zuviel war passiert. Er war für den Tod eines Menschen verantwortlich. Andererseits: der Mann wollte ihn töten. Es war Notwehr. Er hätte ihn ohne seine Gegenwehr kaltblütig erschossen.

Seine Gedanken gingen zu Carolina Valdes Berger. Valdes wie sein Vater. Heute Abend würde er mehr erfahren.

Der übrige Tag schleppte sich für ihn quälend langsam dahin. Die Stunden wollten nicht vergehen. Einige Male versuchte er, Imke in Hamburg telefonisch zu erreichen. Sein vierter Versuch führte endlich zum Erfolg. Er schilderte ihr seine Erlebnisse. Den Zwischenfall mit dem Rothaarigen erwähnte er auch Imke gegenüber nicht.

„Wegen der Möglichkeit, dass ich auf die Spur meines Vaters gekommen sein könnte, hänge ich noch ein oder zwei Tage dran."

„Ich freue mich für dich", sagte Imke. „Gib deine Ankunftszeit durch. Ich hole dich rechtzeitig vom Flughafen ab."

Carolina kam pünktlich aus der Schildkrötenfarm. Sie trug Jeans und wie fast alle Kubanerinnen ein enges T-Shirt. Das lange Haar war zu einem Pferdeschwanz gebunden.

Schon auf dem kurzen Weg in den kleinen Ort stellte Robert seine zielgerichteten Fragen.

Kaum, dass sie in einer Nische der Bar saßen, zog Robert ein erstes Fazit: „Dein Vater Roberto Valdes war also vor der Zeit, die bei uns die Wende heißt, Student im Rahmen des Kulturaustausches zwischen Kuba und der DDR in Ost-Berlin. Im Jahre 1989 musste er wegen der politischen Ereignisse nach Kuba zurückkehren. Hat er etwas von einer Frau in Berlin erzählt, die er, sagen wir mal, näher kennen gelernt hat?"

„Das weiß ich nicht. Ich war doch noch nicht geboren."

„Klar, ich meine später. Lebt er? Können wir ihn fragen?"

„Ja, er lebt. Er hat nicht sehr oft über die Zeit in Deutschland gesprochen. Nur, dass er dort war und deshalb so gute Deutschkenntnisse hatte. Irgendetwas muss damals passiert sein, was ihn aus der Bahn geworfen hat. In diesem Zusammenhang fällt es mir wieder ein. Er nannte einmal einen Namen: Katja!"
Roberts Gedanken schlugen Purzelbäume. Der Vater von Carolina war auch sein Vater! Damit war Carolina seine Halbschwester.
Robert beachtete die junge Frau, die ihnen die Getränke brachte nicht und rührte die Limonade nicht an. Zu sehr war er in Gedanken damit beschäftigt, dass die Suche nach seinem Vater endlich erfolgreich war.
„Katja hieß meine Mutter. Ich wurde geboren, als ihre große Liebe, Roberto Valdes, wieder in Kuba war."
„Weißt du das alles von deiner Mutter?"
„Nein, sie lebt nicht mehr. Wann wurdest du geboren?"
„Ich bin im Dezember 1991 zur Welt gekommen."
„Das passt doch. Da war dein, ich meine unser Vater, schon wieder zwei Jahre in Kuba."
„Wenn deine Mutter verstorben ist, woher kennst du die Einzelheiten?"
„Meine Mutter hat bis zu meiner Geburt Tagebuch geführt. Sie hat darin geschrieben, dass ich das Kind des kubanischen Studenten Roberto Valdes bin."
„Wann ist deine Mutter gestorben?"

„Sie starb nach meiner Geburt, die sie noch in ihr Tagebuch eingetragen hat. Sie ist dann unter mir nicht bekannten Umständen verstorben. Auf jeden Fall ist Roberto Valdes mein Vater. Deshalb auch mein Name Robert. Meine Mutter schrieb in ihrem Tagebuch, dass sie mich nach dem Namen meines Vaters Roberto nennen wollte. Ich bin dann adoptiert worden und aus irgendeinem mir nicht bekannten Grund wurde aus Roberto Robert."

Das klang für Carolina alles sehr überzeugend.

„Donnerwetter", sagte sie in ihrer etwas burschikosen Art. „Dann sind wir ja tatsächlich Halbgeschwister."

Sie leerte ihr Glas mit einem Schluck.

Robert nippte nur an seinem Glas.

Er deutete auf das mobile Telefon, das vor Carolina auf dem Tisch lag.

„Wir sollten unsere Telefonnummern austauschen. Wie ist es bei euch mit dem Internet?"

Carolina schüttelte leicht den Kopf.

„Privatleute hatten bisher keinen Internet-Zugang. Ab Januar 2017 sollen die Kubaner auch online gehen können. Der Anfang wird in Havanna gemacht. 2000 Haushalte sollen in der Hauptstadt mit Anschlüssen ausgestattet werden. Die Regierung hat mit Google ein Abkommen geschlossen.

„Du sprichst gut deutsch", meinte Robert.

„Während meiner Kindheit in Havanna wurde in meiner Familie häufig Deutsch gesprochen. Meine Großmutter war eine Deutsche, und mein Vater konnte es doch durch seinen längeren Deutschland-Aufenthalt sprechen."

„Dann heiratete dein, ich meine unser Vater nach seiner Rückkehr aus Deutschland in Kuba eine einheimische Frau?"

„Ja, er heiratete Mercedes, meine Mutter. Das war Anfang 1991. Im Dezember wurde ich, wie schon gesagt, geboren. Geschwister habe ich nicht. Das heißt, jetzt doch, einen Halbbruder."

Carolina zeigte ein hinreißendes Lächeln, bestellte zwei neue Drinks und verließ den Tisch für einen Gang zur Toilette.

„Wir sollten einen DNA-Test machen", meinte sie nachdem sie zurück war, und die Getränke gebracht wurden.

„Als Meeresbiologin habe ich da schnelle unkomplizierte Möglichkeiten. Bei unserer Forschung mit den Meeresschildkröten arbeiten wir damit. Es gibt von unserer Farm Verbindungen zur Universität in Havanna."

„Prima, bevor ich abreise, gebe ich dir eine Speichelprobe oder was immer du willst."

Jetzt lächelte Carolina nicht nur, sondern sie lachte.

Robert wollte mehr über den gemeinsamen Vater wissen: „Was macht er, wo lebt er, ist er gesund? Wann und wie kann ich ihn treffen?"

Carolina legte eine Hand auf Roberts Arm.

„Viele Fragen, ich verstehe das. Also, er ist gesund, jedenfalls körperlich. Er lebt in Cienfuegos, etwas nördlich von hier. Er ist Fischer und dort liegt auch sein Boot nahe der Marina."

„Fischer?", fragte Robert.

„Ja, nach seiner Rückkehr aus der DDR soll er nicht mehr so wie früher gewesen sein. Für die Regierung wollte er nicht arbeiten, obwohl er durch seine Sprachkenntnisse und das Studium gute Chancen gehabt hätte. Fischen war als Jugendlicher immer sein Hobby. Er kaufte sich einen alten Kahn, restaurierte ihn und machte sein Hobby zum Beruf. Er ist sein eigener Herr und niemandem gegenüber verpflichtet. Er verkauft seinen Fang direkt an die Gastronomie. Cienfuegos ist eine malerische Kolonialstadt, die auch zum Weltkulturerbe gehört. Das heißt für unseren Vater: Viele Touristen, viele Restaurants, viele Abnehmer für seinen Fang. Durch die Geschehnisse in der DDR mit ihrem Zusammenbruch und der zwangsweisen Rückkehr nach Kuba hatte er, auf Deutsch sagt man wohl, die Nase gefüllt."

„Die Nase voll", sagte Robert.

„Richtig, die Nase voll von Politik, Intrigen und der Art, wie Völker und Menschen miteinander umgehen. Jetzt, nach deinen Erzählungen wird mir auch klar, dass das Zerbrechen seiner Liebe zu Katja eine Rolle dabei gespielt haben könnte."

„Wann kann ich ihn sehen? Können wir zu ihm fahren?"

„Ich habe ihn vorhin auf meinem Weg zur Toilette angerufen. Er kommt morgen mit seinem Boot hier her. Ich nehme meinen freien Tag. Wir können ihn im Hafen abholen."

Robert wusste nicht, was er sagen sollte. Am liebsten wäre er Carolina vor Freude um den Hals gefallen. Aber er beherrschte sich.

„Wann kommt er?"

„Wir telefonieren, er gibt mir Bescheid. Es wir am Nachmittag sein."

„Was hat er gesagt, als du ihm von mir erzählt hast?"

„Erst mal gar nichts. Er war so überrascht, dass er sprachlos war. Ich dachte schon, dass unsere Verbindung unterbrochen war. Aber dann fing er sich. Er ist kein Mensch vieler Worte, aber es ist sicher nicht einfach zu verarbeiten, wenn jemand erfährt, dass er im Alter noch einmal Vater eines erwachsenen Sohnes geworden ist. Er freut sich jedenfalls."

Es wurde ein langer Abend in der Bar, bis Carolina zum Aufbruch drängte.

„Morgen wird ein großer Tag für uns. Da brauchen wir noch etwas Schlaf."

Robert begleitete Carolina zur Schildkrötenfarm, in der sie sich ein Zimmer mit einer Kollegin teilte. Er hatte noch so viel Fragen. Nachdenklich ging er zu seinem Hotel.

Robert konnte nicht einschlafen. Zuviel ging ihm im Kopf herum. Während seiner Fahrten zur See war er in Hafenstädten oder auch auf See in kritische Situationen geraten. Schwer bewaffnete Rebellenstämme, die in afrikanischen Häfen die Herausgabe

der Ladung forderten oder die somalischen Piraten am Horn von Afrika, die sein Schiff überfielen. Als Erster Offizier war er immer Herr der Lage gewesen und hatte Schiff, Ladung und Besatzung immer ans Ziel gebracht. Aber am heutigen Tag war er dem Tod sehr Nahe gewesen. Dann erfuhr er noch, dass es eine Halbschwester gab und er morgen seinen Vater kennen lernen würde.
Es dauerte lange, bis er endlich einschlief.

Carolina trug heute einen sehr kurzen Rock. Robert fand, dass an ihren Beinen nichts auszusetzen war. Eine sehr farbige Bluse und Sandaletten vervollständigten ihre Kleidung. Das lange Haar trug sie offen.
Robert merkte, dass er immer mehr Gefallen an der jungen Frau fand.
„Schade, dass sie meine Halbschwester ist", dachte er.
Zur Begrüßung umarmte Robert Carolina. „Eine brüderliche Umarmung", sagte er.
Sie drückte ihn an sich.
Er bemerkte Tränen, die an ihren Wangen hinunter liefen.
„Was ist los, Carolina?"
„Fidel ist gestorben! Wir haben es vorhin im Radio gehört. In seinem Alter und nach Übergabe der Regierungsgeschäfte an seinen Bruder war damit zu rechnen, aber das kubanische Volk wird trauern. Er hat nach der Revolution mit der Beendigung des

Batista-Regimes das soziale Elend in Kuba beseitigt. Castro hat uns Würde gegeben. Er ist alles für uns. Wir haben mit dem Comandante einen guten Freund verloren. Er hatte enormes Charisma und brachte den Leuten eine bessere Zukunft. Fidel wird immer einen Platz in den Herzen der Kubaner haben." Carolina schluchzte kurz auf.

„Die Beisetzung wird in Santiago de Cuba stattfinden."

Carolina trocknete ihre Tränen.

„Zum Beispiel Schulbildung für Alle und auch eine kostenlose Gesundheitsfürsorge haben wir Fidel zu verdanken."

Während sie über eine Sanddüne zum Strand hinunter lief, rief sie Robert über die Schulter zu: „Lass uns am Wasser entlang gehen. Wir haben noch Zeit. Unser Vater wird erst gegen Mittag eintreffen. Wir gehen rechtzeitig zum Hafen."

Unten am Wasser bat sie Robert, in diesem Strandabschnitt seine Schritte vorsichtig zu setzen: „Hier lebt eine starke Population von Einsiedlerkrebsen. Wir wollen doch keinen zertreten."

Carolina fragte Robert nach seinen Verwandten in Deutschland. Er erzählte ihr von seiner Kindheit bei den Adoptiveltern in Berlin, dass er dort auch noch Freunde habe, und dass sein Adoptivvater jetzt im Seniorenheim sei.

„Von der Existenz meines Großvaters weiß ich nur aus dem Tagebuch meiner Mutter. Demnach muss er, um es freundlich auszudrücken, ein skrupelloser

Mensch sein, der sich während der DDR-Zeit einiges zu Schulden kommen ließ. Ich habe deshalb auch kein Verlangen, ihn zu sehen."

Wieder war das Brummen der Maschine zu hören, die Gäste nach Cayo Largo brachte.

Carolina erzählte Robert etwas über ihre Arbeit. „Wir überwachen die Eiablage der Meeresschildkröten und später auch das Schlüpfen der Jungen. Wir müssen darauf achten, dass sie bei ihrem Weg zum Meer nicht zu Opfern hungriger Seevögel werden. Viele Arten der Meeresschildkröten sind in ihrem Bestand gefährdet. Ihre Wege in den Ozeanen verfolgen wir mit Peilsendern. Außerdem werden bei uns durch Schiffsschrauben oder anderweitig verletzte Tiere medizinisch versorgt und wieder aufgepäppelt bis wir sie wieder in die Freiheit entlassen können. An keine Küste Kubas kommen zum Beispiel mehr Green Turtles zur Eiablage als an die von Cayo Largo. Wir liegen nach Mexiko und Costa Rica an dritter Stelle in der Karibik."

„Sehr interessant", meinte Robert. „Aber was ist mit den Menschen?"

„Gute Frage. Nur noch ein Satz zu den Schildkröten: Wir Meeresbiologen wollen mit unserer Arbeit verhindern, dass Tierarten, die jetzt schon vom Aussterben bedroht sind, ganz verschwinden.

Ich will das nicht als Vergleich heranziehen, aber es beantwortet deine Frage, wenn ich dir erzähle, was hier mit den Ureinwohnern geschah: Innerhalb eines halben Jahrhunderts nach der Entdeckung Kubas sind schätzungsweise 300.000 Indianer durch Inquisition der katholischen Kirche, Zwangsarbeit und Massaker getötet worden. Anders als in Nord- und Südamerika gibt es auf Kuba keine Indianer mehr.

Jetzt zur jüngeren Geschichte meiner Heimat: Kuba war das erste Land, das die Konvention zur Beseitigung jeder Form von Diskriminierung der Frauen unterzeichnete. Ich habe dir schon erzählt, dass nach der Ablösung des Batista-Regimes das Analphabetentum beseitigt wurde, und dass die kostenlose Schulpflicht für Alle von Fidel eingeführt wurde. Auch die medizinische Versorgung ist für Kubaner kostenlos. Viele sorgen sich jetzt, dass nach dem Tod von Fidel das Rad der Geschichte zurück gedreht werden könnte. Die Amerikaner stehen doch schon in den Startlöchern, um Kuba mit Dollars zu überschwemmen. Betonburgen an den Stränden und McDonalds an jeder Straßenecke erwarten uns dann.

Nach dem Besuch des amerikanischen Präsidenten Barack Obama wurden einige Sanktionen gegen Kuba aufgehoben, und es gibt hier jetzt so etwas wie politisches Tauwetter. Ich hoffe nicht, dass der neue amerikanische Präsident Trump den Kurs wieder ändert. Ausreisen sind wieder möglich und es gibt wissenschaftliche Austauschprogramme. Ich habe auch einen Antrag gestellt."

Sie blickte Robert an. „Bestimmt arbeiten an Nord- und Ostsee auch Meeresbiologen, oder?"

Carolina wartete die Antwort nicht ab, sondern machte einige Schritte hoch in den warmen Sand und warf sich auf den Rücken.

Sie streckte Robert ihre Arme entgegen: „Komm, lass uns eine Pause machen."

Robert hockte sich neben sie.

Mit viel Begeisterung in ihrer Stimme erzählte ihm Carolina von einem Auftritt der Rolling Stones.

„Im März schrieben die Stones Musikgeschichte mit ihrem ersten Konzert in Kuba. Ich war dabei als über eine Million Fans bei Vollmond und freiem Eintritt eine riesige Party im Coliseo de la Ciudad Deportiva in Havanna feierten."

Robert konnte Carolinas Begeisterung für die Rolling Stones verstehen. Er bevorzugte jedoch eine andere Musikrichtung und führte das Gespräch in eine familiäre Richtung.

Er fragte Carolina nach Mitgliedern ihrer Familie.

Carolina lachte. „Du wirst dich sehr wundern. In meinen Adern fließt auch deutsches, oder richtiger gesagt: österreichisches Blut. Oder auch österreich-ungarisches Blut. Meine Großmutter Melanie ist im Jahre 1930 in Wien als Tochter einer ungarischen Pianistin geboren. Ihr Vater war der österreichische Kommerzienrat Franz-Joseph Berger."

„Aha, daher kommt der Name Berger", wandte Robert ein.

„Ja. Melanie war ein wildes Kind. Für eine Laufbahn als Musikerin, die ihre Eltern erwarteten, zeigte sie kein Interesse. Sie trieb zum Bedauern ihrer Eltern lieber Sport, und wurde mehrfache österreichische Meisterin im Bodenturnen. Kurz vor ihrer Volljährigkeit gründete sie mit zwei Kolleginnen aus ihrer Turnerriege eine Artistengruppe. Melanie, Mitzi und Wally. Sie nannten sich `Die drei Wallendas`. Drei hübsche Wiener Mädel, die mit ihren Shownummern um die ganze Welt tourten. Als biegsame Schlangenmädchen, Bodenakrobatinnen oder als Artistinnen auf dem Schleuderbrett. Dabei wurden Melanie und Mitzi von Wally für ihre mehrfachen Salti in die Luft katapultiert.

Während des Batista-Regimes gab es in Havanna Nachtclubs und Casinos wie heute in Las Vegas. Havanna galt als Lasterhöhle der Karibik. Al Capone und die anderen amerikanischen Mafiagrößen gingen hier ein und aus. In den Häusern tobte das Leben.

Die `Drei Wallendas` traten häufig auf den Showbühnen der Hotels und Casinos in Havanna auf. Melanie, Mitzi und Wally waren durch ihre jugendliche Attraktivität der Knüller des jeweiligen Show-Programms."

Carolina fragte Robert: „Interessiert dich meine Familiengeschichte oder erzähle ich zu episch?"

„Nein, erzähle bitte weiter. Woher kennst du das Wort Knüller und diese Einzelheiten?"

„Melanie war doch meine Großmutter. Sie war von der rustikalen Art. Das waren ihre eigenen Worte. Ich habe sie noch kennen gelernt. Sie hat immer von ihrer Artistenzeit erzählt. Sie war eine, wie sagt man auf Deutsch, ich glaube, eine wilde Hummel. Das erzählte sie mir jedenfalls von sich selbst. Wenn die drei Wallendas während einer Dinnershow bei einem Vier-Gänge-Menü auftraten, wurde anschließend das Geschirr abgeräumt, und meine Großmutter Melanie gab auf dem Tisch noch eine akrobatische Solo-Tanzeinlage als Zugabe. Und es kam, wie es kommen musste: Ein Mitglied der New Yorker Mafia, häufiger Gast aller Casinos, Killer-Harry, verliebte sich in Melanie. Er machte ihr großzügige und kostbare Geschenke und eroberte damit ihr Herz, wie meine Oma es mir gegenüber einmal etwas altmodisch ausdrückte. Wegen des großen Erfolges der drei hübschen Artistinnen wurde ihr Engagement mehrfach verlängert. So verbrachten Melanie und Harry eine schöne Zeit miteinander. Sie dauerte bis zum Jahr 1959, als Fidel die Revolution ausrief, und Batista, seine Getreuen, die Zuckerbarone und die Gangster die Flucht antraten.

Auch Killer-Harry verschwand. Und zwar spurlos. Das Problem für Melanie war, dass sie ein Kind von Harry erwartete. Während Mitzi und Wally mit einer abgespeckten Shownummer weiter zogen, blieb meine Großmutter auf Kuba. Von etwas Erspartem und dem Verkauf der großzügigen Geschenke von Killer-Harry konnte sie eine Zeit lang überleben. Sie bekam eine Tochter: Mercedes, meine Mutter. Melanie lebte nicht lange allein. Sie heiratete einen Hotelmanager, der Mercedes wie eine eigene Tochter behandelte. Weitere Kinder gab es nicht.

Im Jahre 1990 nach der Rückkehr unseres Vaters aus Deutschland lernte er Mercedes kennen und sie heirateten. Kurz darauf wurde ich geboren."

Carolina atmete tief durch.

„Zufrieden Senor?"

Robert schluckte und war sprachlos. Wenn einer seiner Kollegen bei der christlichen Seefahrt eine solch unglaubliche Geschichte erzählt hätte, wäre sie als Seemannsgarn abgetan worden. Aber er glaubte Carolina jedes Wort.

„Dann bist Du also die Enkelin eines Mafia-Killers. Hoffentlich schlagen Pistolen-Harrys Gene bei Dir nicht durch. Da muss ich mir gut überlegen, ob ich mich weiter in Deiner Nähe aufhalten kann."

Carolina lachte. „Keine Angst, meine Mutter ist eine anständige Frau geworden. Und ich habe sicher auch keine kriminelle Ader."

„Was ist mit Mercedes, Deiner Mutter?"

„Sie lebt, seit Vater und Mutter sich getrennt haben, in Havanna und läßt es sich gut gehen."

„Wann haben sie sich getrennt?"

„Nicht lange nach meiner Geburt. Er ging dann nach Cienfuegos und sorgt dort seitdem für die gastronomische Versorgung mit Fisch und Meeresfrüchten.

„Gab es einen Grund für die Trennung?"

„Es waren die Probleme mit dem Aufenthalt in der DDR, der Rückkehr nach Kuba und womöglich noch einer Tatsache, über die er nicht spricht. Sie blieben freundschaftlich miteinander verbunden. Ich habe unter der Trennung meiner Eltern nie gelitten. Ich verbrachte auch viel Zeit bei meiner Großmutter in Havanna, der wilden Hummel. Sie war eine wunderbare Oma."

Carolina blickte auf ihre Uhr.

„Es wird Zeit. Wir gehen am Strand entlang zum Hafen."

CIENFUEGOS 12/2016

Auf dem Weg zum Hafengelände lagen auf einigen Felsen im Wasser mehrere Echsen in der heißen Mittagssonne.
Carolina bemerkte Roberts Blick.
„Es sind Leguane. Eine endemische Art, die es nur auf Kuba gibt." Im Moment zeigte Robert kein besonders großes Interesse an der Tierwelt Kubas. Er war gespannt auf die Begegnung mit seinem Vater.
Carolina bemerkte seine Anspannung, legte einen Arm um seine Schulter und zog Robert dicht zu sich heran.
„Es dauert nicht mehr lange. Wir sind gleich da."
Robert sah auch schon die schaukelnden Schiffsmasten und spürte den typischen Geruch, den alle Häfen dieser Welt verströmen.
In dem kleinen Hafen war kaum Betrieb. Abseits der Anlegestelle für die Schnellbootfähre lagen zwei ausgemusterte Fischerboote.

An der steinigen Uferbefestigung saßen Angler im Rentenalter und hielten ihre Angelruten über das Wasser.

Carolina bemerkte, dass sich Roberts Nervosität nicht legte.

„Komm wir setzen uns", sagte sie und ging zu den Pollern am Pier.

Robert blickte auf das Wasser und sah ein Schiff näher kommen. Ihm war schnell klar, dass es nicht das Fischerboot seines Vaters sein konnte. Es war ein größeres Schiff.

„Die Schnellbootfähre", stellte Carolina fest.

Sie beobachteten das Anlegemanöver der Fähre. Routiniert brachte der Mann am Ruder das Schiff an den Liegeplatz.

Eine Gruppe französischer Touristen verließ unter lautem Gejohle die Fähre. Die Leute trauten vielleicht dem alten Propellerflugzeug nicht oder versprachen sich von einer kleinen Seereise mehr Spaß und Vergnügen.

Robert, der das Anlegemanöver aus seemännischer Sicht betrachtete und beurteilte, war einen Moment abgelenkt, so dass er nicht merkte, dass noch ein Boot auf den Hafen zuhielt.

Carolina machte ihn auf das Boot des Vaters aufmerksam.

Trotz der Entfernung konnte er den Namen am Bug lesen.

„Jenny", las er laut.

Robert blickte Carolina an. „Ein deutscher Name?"

„Ja, nach Bert Brechts Spelunken-Jenny aus der Dreigroschenoper. Roberto studierte in Berlin doch Germanistik. Er wollte sein Diplom mit einer Arbeit über Bertolt Brecht machen. Aber dazu ist es damals durch die politischen Ereignisse und seiner erzwungenen Rückkehr nach Kuba nicht mehr gekommen. Sicher auch einer der Gründe für seine Weltverdrossenheit.

Die „Jenny" hielt Kurs auf einen Liegeplatz abseits der Fähre, in der Nähe der vor sich hin rottenden Fischerboote.

Carolina stand auf, hob den Arm und winkte. Nach kurzem Zögern machte auch Robert sich durch Winken bemerkbar.

Die „Jenny" wurde längsseits an die Hafenmauer manövriert.

Der Vater warf eine Leine hinüber, die Robert auffing und mit zwei halben Schlägen am Poller vertäute.

„Aha, ich erkenne den Seemann", rief der Vater hinüber.

Nachdem sich auch die Achterleine straff spannte, sprang Roberto Valdes von Bord.

Robert sah einen groß gewachsenen, schlanken Mann vor sich. Er wirkte sehnig, hatte eine wettergegerbte Haut, die erkennen ließ, dass der Mann die längste Zeit seines Lebens auf dem Wasser verbracht hatte.

Ein Lächeln zeigte sich in dem offenen Gesicht mit dem leicht melancholischem Zug um den Mund.

„Groß und schlank wie ich", dachte Robert, der nach einer Ähnlichkeit mit Carolina im Gesicht des Vaters suchte, aber nicht fand.

„Mein Sohn", sagte Roberto Valdes lachend und breitete beide Arme aus. „Ich kann es immer noch nicht glauben!" Die beiden umarmten sich, während Carolina mit Tränen in den Augen daneben stand.

Roberto Valdes hielt Robert mit gestreckten Armen vor sich und blickte ihn von oben bis unten an. „Ja, du bist mein Sohn. Ich sehe und spüre es."

„Wenn geklärt ist, was schon fest stand, können wir vielleicht einen Kaffee trinken", meinte Carolina in ihrer burschikosen Art, um ihre Ergriffenheit zu überspielen. Während sie das sagte, trocknete sie mit einem Taschentuch ihre Tränen ab.

In der Hafenbar tranken sie Kaffee und aßen eine Kleinigkeit. Viel gesprochen wurde nicht. Vater und Sohn blickten sich immer wieder an, bis Roberto Valdes auf die Uhr sah.

„Ich muss meine Langleine mit Köder bestücken und auslegen. Vielleicht wollt ihr mitkommen?"

Carolina antwortete: „Ihr könnt fahren. Ich habe noch etwas in Havanna zu erledigen. Ich nehme die Fähre und bleibe über Nacht bei Mutter. Wir sehen uns morgen wieder.

Robert wunderte sich. Davon hatte Carolina bisher nichts gesagt.

Roberto blickte Robert an. „Einverstanden?"

„Ja", sagte der nur.

An Bord der „Jenny" machte der Vater den Sohn mit der Technik des Köderbestückens vertraut.

„Auf jeden Haken gehört ein Köder aus diesem Behälter. Gut befestigen, damit sie von den Fischen nicht abgelutscht werden."

Es waren kleine Köderfische, die Robert an der von einer Rolle laufenden Langleine am Haken befestigte. Die Leine lief gleichmäßig von Bord der „Jenny". Manchmal glückte es einer Möwe, sich einen Köder zu schnappen und vom Haken zu reißen.

Während Robert mit der Langleine und den Ködern beschäftigt war, stand sein Vater am Ruder, blickte über das Wasser und hielt den Kurs.

Robert begann von seinem Leben zu erzählen.

Als er mit der Reise nach Kuba endete, stellte er seinem Vater eine Frage: „Wie kann es sein, dass ich einen Roberto Valdes mit dem Hinweis Touristik gefunden habe, obwohl es dort keinen Mann mit deinem Namen gibt?"

„Ganz einfach. Ich nehme manchmal Urlauber gegen Bezahlung mit hinaus. Da muss ein Tourist meinen Namen eingegeben haben. Obwohl ich hier an der Küste nur als Roberto, der Fischer bekannt bin. Internetzugang ist bei uns erst am Anfang. Ein Smartphone habe ich auch erst vor kurzer Zeit kaufen können."

Jetzt begann der bisher überwiegend ruhig gewesene Roberto Valdes von seiner Vergangenheit zu erzählen.

„Nachdem ich damals wieder nach Kuba zurückgekommen bin, habe ich eine Information bekommen, dass Katja, also deine Mutter verstorben sei. Dass sie schwanger war, wusste ich nicht. Und von einem Kind war nicht die Rede. Ich habe damals mit dem alten Leben abgeschlossen. Von den Konflikten zwischen den Völkern, den Glaubenskriegen, der dramatischen Erderwärmung mit dem Abschmelzen der Polkappen. Die Wetterveränderungen machen auch den kubanischen Tabakbauern zu schaffen. Es wird heißer und feuchter. Tabak und Zigarren sind unsere Devisenbringer. Dann die Überbevölkerung der Erde. Es leben zu viele Menschen auf der Welt. Dadurch gibt es die massenweise verhungernden Kinder in Afrika. Und auch von den anderen großen Problemen in der Welt wollte ich nichts mehr hören. Ich lernte dann Carolinas Mutter kennen. Sie fing mich auf, bot mir Halt, und wir haben geheiratet. Dass sie schwanger war, hat sie mir nicht verheimlicht. Ich habe das akzeptiert. Aber es ging nicht gut mit unserer Ehe. Wir haben uns getrennt, und ich kaufte mir dann das Boot. Carolina glaubt, dass ich ihr Vater bin."

Robert blickte zu seinem Vater und versäumte die Köder auf die Haken zu bringen.

„Carolina ist nicht deine Tochter?"

„Nein, ich kenne den Vater nicht. Mercedes, meine Frau, hat nie über ihn gesprochen, und ich habe auch nicht danach gefragt."

Robert wusste nicht, ob er lachen oder weinen sollte.

Mit der Arbeit an der Langleine war er jetzt an deren Ende angekommen. Roberto übernahm den Rest der Arbeit.

„Wollen wir weiter nach Cienfueges? Dort kannst du mein Zuhause kennen lernen."

Robert musste nicht lange überlegen. Er stimmte zu ,und Roberto hielt Kurs auf seinen Heimatort.

Im Hafen von Cienfueges schien Roberto bekannt zu sein wie ein bunter Hund.

Bei dem gemeinsam von Vater und Sohn durchgeführten Anlegemanöver kamen von allen Seiten Rufe der anderen Bootseigner.

„Hola, Roberto, seit wann hast du einen Decksjungen? Roberto, da kommst du mit einem feinen Fang zurück."

Diese und ähnliche Sprüche mussten die beiden sich anhören. Roberto lachte nur.

Nach dem Festmachen des Bootes verließen sie den Hafen, um einen kleinen Stadtbummel zu machen. Der Vater wollte dem neu gewonnenen Sohn einige Sehenswürdigkeiten seiner Stadt zeigen. Robert war nicht abgeneigt.

Ein paar Schritte waren es zur Festung Bahia de Cienfuegos.

Roberto erläuterte: „Das wird dich als Seemann interessieren. In den Buchten der Umgebung segelte im Jahre 1494 die Flotte von Christoph Kolumbus auf ihrer zweiten Erkundungsfahrt. Später kamen die gefürchteten Piraten wie Henry Morgan und Francis Drake und ankerten hier. Zum Schutz der siedelnden Kolonisten wurde diese Festung gebaut."

Sie liefen weiter in die Stadt hinein. Robert bewunderte die hochherrschaftlichen Paläste mit ihren imposanten Fassaden.

„Ihren Reichtum erlangten die Bewohner im neunzehnten Jahrhundert mit dem Zuckerhandel", erklärte Roberto.

Sie gelangten in eine einst noble Wohngegend voller Art-deco-Villen und burgähnlicher Anwesen. Viele waren renoviert und erstrahlten jetzt in voller Pracht.

Am Parque Marti befand sich ein großes Konterfei von Che Guevara. Darunter stand in riesigen Lettern: „Tu ejemplo vive tus ideas perduran."

Ein am grünen T-Shirt zu erkennender Reiseleiter übersetzte gerade für seine deutsche Touristengruppe: „Dein Beispiel und deine Ideen werden überdauern."

Roberto schüttelte den Kopf.

„Nachdem feststeht, dass Donald Trump der nächste US-Präsident wird, habe ich meine Zweifel ob Che damit richtig lag. Die Exilkubaner in Florida warten nur auf die nächste Invasion. Mit Trumps Hilfe und der CIA werden sie es vielleicht doch schaffen, die alten Eliten wieder zu installieren. Die Republikaner zögern nicht lange. Denke mal an George Bush, der ohne Skrupel im Nahen Osten einmarschiert ist, und dem wir jetzt die ganze Katastrophe, die dort abläuft, zu verdanken haben.

Die vielen Diktatoren und Putschgeneräle, die den lateinamerikanischen Kontinent ruiniert haben, sind doch nur mit der tatkräftigen Unterstützung der Vereinigten Staaten von Amerika an die Macht gekommen. Und wenn ihnen ein Präsident wie zum Beispiel Allende in Chile nicht genehm war, wurde er von den Amerikanern mit Hilfe der CIA gestürzt und durch einen Blutsauger wie Pinochet ersetzt."

Robert war in einem Punkt nicht so pessimistisch: „Was eine Invasion Kubas angeht, sehe ich das etwas anders. Im Nahen Osten gibt es Erdöl und andere wirtschaftliche Interessen. In Kuba gibt es kein Erdöl. Zuckerrohr, Rum und Tabak sind kein Grund für eine Invasion."

„Ich hoffe, dass du damit richtig liegst. Ich sehe nur Katastrophen auf dieser Welt: Die Erderwärmung mit dem Abschmelzen der Polkappen, das Abholzen der Regenwälder. Das Beispiel Brasilien zeigt es. Allein im Amazonasgebiet hat die Abholzung im vergangenen Jahr um 29 Prozent zugenommen. Die Fischbestände in den Weltmeeren nehmen rapide ab. Ich merke das jeden Tag. Die Japaner jagen die letzten Wale für ihren Mittagstisch und erzählen der Welt, dass die Tiere für die Wissenschaft getötet würden. Dazu kommen die Hungersnöte in Afrika und das Erstarken der Drogenmafia in Südamerika. Bolivien gilt als das Land der Kinderarbeiter. In den gefährlichen Stollen der Silberminen arbeiten Minderjährige. Ein international umstrittenes Gesetz erlaubt dort Kinderarbeit ab einem Alter von zehn Jahren."

Roberto blickte noch einmal zu Che Guevara hoch.

„Ich bin mir sicher, dass die Welt den Bach hinunter geht", sagte er resigniert.

Robert drängte zum Weitergehen.

„Gut", sagte sein Vater. „Gehen wir zu meiner Wohnung."

In einem Bekleidungsgeschäft neben dem Che-Guevara-Standbild kaufte Robert sich noch schnell zwei T-Shirts und ein paar Unterhosen.

Es war eine Zweizimmer-Wohnung im Erdgeschoss eines Mehrfamilienhauses.

Nach hinten hinaus gab es eine Terrasse mit Tisch und zwei Stühlen. Mit alkoholfreien Drinks, die der Vater mixte, setzten sie sich.

Robert bestritt die Unterhaltung fast allein.

Seinem Vater schien das zu gefallen.

„Du könntest hier übernachten. Morgen holen wir die Langleine ein und anschließend bringe ich dich wieder nach Cayo Largo."

Robert hatte Bedenken. „Im Hotel werde ich vermisst."

„Kein Problem. Ich beliefere das Restaurant deines Hotels. Ich rufe dort an, dann wird es keine Vermisstenmeldung geben. Auf meiner Couch im Wohnzimmer schläft es sich gut."

Robert war einverstanden.

Sein Vater griff zu seinem Mobiltelefon, regelte die Angelegenheit und holte einen neuen Drink.

Obwohl Robert immer noch gedanklich mit der Tatsache beschäftigt war, dass Carolina nicht seine Halbschwester war, gab er sich große Mühe, seinen Vater mit den Erlebnissen aus seiner Fahrenszeit zu unterhalten.

Sie starteten früh zum Einholen des Fangs. Als sie die Langleine an Bord aufrollten, waren die Behälter mit Fischen gefüllt.

„Ein guter Fang", sagte Roberto und startete die Maschine für die Fahrt nach Cayo Largo.

Während Robert am Ruder stand, führte Roberto einige Telefongespräche.

„Carolina ist aus Havanna zurück und holt dich am Hafen ab."

Robert spürte so etwas wie ein Glücksgefühl. Er freute sich darauf, Carolina wieder zu sehen.

„Muss sie heute nicht arbeiten?"

„Nein, als Urlauber vergisst du die Zeit. Heute ist Samstag. Ihre Kollegin hat Wochenend-Dienst oder Carolina hat mit ihr getauscht. Jedenfalls muss sie nicht arbeiten."

Vor seiner Abreise ein ganzes Wochenende mit Carolina! Robert beschleunigte die Maschine.

Die „Jenny" lief im Hafen von Cayo Largo ein. Vater und Sohn wurden von Carolina erwartet.

Während Roberto noch an Deck seines Bootes hantierte, fielen sich Carolina und Robert am Kai in die Arme.

„Ich muss mit dir sprechen", sagte Carolina, die von der Umarmung etwas außer Atem war.
„Ich habe dir auch etwas zu sagen", meinte Robert. Beide lachten.
Nachdem Roberto Carolina begrüßte, verabschiedete er sich auch gleich wieder. „Ich muss meinen Fisch vermarkten so lange er frisch ist."
Carolina und Robert verließen den Hafen und gingen am Strand entlang. Beide fingen gleichzeitig an zu sprechen.
„Ladys first." Robert zeigte sich als Kavalier und Carolina erzählte.
„Ich habe gestern in Havanna die Proben für den DNA-Test abgegeben."
„Du hast doch gar keine Speichelprobe von mir genommen!"
„Nein, du hast es nicht bemerkt. Ich habe dir bei einer Umarmung einige Haare vom Kopf gezogen. Genau so habe ich es bei unserem Vater gemacht. Wie gesagt, ich habe sie zusammen mit einer Probe von mir zur Analyse gegeben, und bin dann zu meiner Mutter gefahren. Ich hatte immer so eine Ahnung. Jetzt, da es dich gibt, wollte ich es genau wissen. Ich habe insistiert, ihr sozusagen die Pistole auf die Brust gesetzt. Und sie bestätigte meine Vermutung: Roberto ist nicht mein Vater. Heute früh habe ich die Analyse-Ergebnisse abgeholt und habe jetzt zwei Ergebnisse schwarz auf weiß: Erstens die Bestätigung, dass Roberto nicht mein Vater ist und zweitens, dass du der Sohn von Roberto bist."

Obwohl das Ergebnis der Analyse nach der Aussage seines Vaters für Robert keine Überraschung bedeutete, freute er sich darüber, dass Carolina die Initiative ergriffen hatte, um festzustellen, dass sie keine Halbgeschwister waren.

Carolina registrierte, dass Robert keine große Begeisterung zeigte.

„Hast du ein anderes Ergebnis erwartet?"

„Nein, ich habe es gestern schon von Roberto in Cienfuego erfahren."

Carolina schmiegte sich an Robert. „Wäre es dir lieber, wenn ich deine Halbschwester wäre?"

„Nein." Robert zog Carolina noch dichter an sich heran. Ein Wochenende mit ihr lag vor ihm.

* * *

Auf dem Rollfeld des Flughafens von Cayo Largo umarmten sich Carolina und Robert.

„Ich schreibe dir!"

„Ich schreibe dir auch!"

„Ich könnte skypen, dann sehen wir uns."

„Die Möglichkeit besteht hier noch nicht."

„Wir telefonieren."

„Ja, ruf mich nach deiner Ankunft an."

„Ich komme bald wieder:"

Sie küssten sich noch einmal, bevor Robert die kleine Propeller-Maschine bestieg.

Seine Anschlüsse nach Havanna und von dort nach Düsseldorf erfolgten planmäßig. Nach einem kurzen Aufenthalt in der Rheinmetropole bestieg er den Airbus nach Hamburg. Die Maschine war nicht ausgebucht. Der Platz neben Robert blieb frei, so dass er seinen Rucksack in den Fußbereich des Nachbarsitzes stellen konnte.

Schlaf wollte sich bei ihm nicht einstellen. Zuviel war in den letzten Tagen passiert. Mehr noch als an seinen Vater dachte er an Carolina. Robert war sich nicht sicher; würde er nach ein paar Tagen noch das Gleiche für sie empfinden oder die Begegnung als Urlaubsliebelei abtun?

Er dachte an Imke, mit der er telefoniert hatte. Sie würde ihn am Flughafen in Hamburg abholen. Das bevorstehende Weihnachtsfest wollten sie gemeinsam verbringen.

Seine Gedanken wanderten.

Das Wochenende mit Carolina war mehr als harmonisch verlaufen.

Er bückte sich zu seinem Rucksack hinunter, und nahm einen Gegenstand heraus, der schwer in seiner Hand wog. Es war ein faustgroßes Schneckenhaus.

„Das verlassene Haus einer Trompetenschnecke", sagte Carolina, als es bei einem ihrer gemeinsamen Strandaufenthalte beim Schwimmen entdeckt hatte. Sie tauchte, holte es heraus, und am Ufer übergab sie ihm das hartschalige, schwere Schneckenhaus.

„Du kannst es in deiner Wohnung ins Regal stellen. Immer wenn dein Blick darauf fällt, denkst du an mich."

Langsam überkam Robert jetzt die Müdigkeit. Mit dem schweren Trompetenschneckenhaus auf seinem Schoß schlief er ein.

RAHLSTEDT 1/2017

Robert stellte das Haus der Trompetenschnecke in sein Buchregal neben das Tagebuch seiner Mutter. Er war gerade in seine Wohnung gekommen. Imke war rechtzeitig am Flughafen gewesen, um ihn abzuholen. Nach einer innigen Begrüßung waren sie zu seiner Wohnung gefahren.

Vor der Haustür, noch in Imkes Wagen, sagte er ihr, dass er eine halbe Stunde brauche. „Ich muss unbedingt duschen und mich umziehen. Außerdem habe ich nach dem kleinen Happen im Flugzeug einen Bärenhunger."

Imke zeigte Verständnis. „Okay, wir treffen uns in einer Stunde im Ciao Bella."

Robert ging ins Bad. Anschließend zog er frische Wäsche an und eine für die hiesigen Klimaverhältnisse angemessene Oberbekleidung.

Nach dem Besuch im Ciao Bella, wo Robert ein Steak verzehrte und Imke ein kleiner Salat genügte, fuhren sie zu Roberts Wohnung.

Beide saßen sie gemütlich bei Kaffee Knabbergebäck auf seiner Couch, und Robert berichtete ausführlich von seinen Erlebnissen auf der karibischen Insel.

Es fiel ihm sehr schwer, von Carolina zu erzählen. In den bisherigen Telefongesprächen aus Kuba galt Carolina noch als seine Halbschwester. Von der neuen Situation erfuhr Imke erst jetzt von Robert. Sie blickte ihn nur kurz an und nahm es kommentarlos zur Kenntnis.

Von dem Zusammenstoß mit dem Rothaarigen und dem tragischen Ende des Mannes erzählte Robert ihr nach kurzem Zögern erst zuletzt.

Imke legte Robert den Arm um die Schulter und zog ihn zu sich heran. „Da kann ich doch froh sein, dass ich dich wiederbekommen habe. Was ist mit deinem Großvater, von dem der Mann gesprochen hat?"

„Hermann Krüger. Er soll jetzt auch in Rahlstedt wohnen. Ich habe versucht, seine Adresse heraus zu bekommen. In den Adress- und Telefonlisten ist er nirgendwo aufgeführt. Nicht, dass ich scharf darauf bin, diesen Mann, dem ich das ganze Unglück meiner Familie zu verdanken habe, zu sehen. Nein, nur Interesse halber."

„Die Adresse deines Großvaters heraus zu finden, dürfte für mich kein großes Problem sein. Bei unseren Immobiliengeschäften müssen wir häufig nach Eigentümern von brach liegenden Grundstücken und abrissreifen Häusern forschen. Im Katasteramt und in

Liegenschaftsämtern sind als Eigentümer häufig nur dubiose Anwaltskanzleien oder ebenso sehr dubiose Rechtsformen aufgeführt. Mit dem obligatorischen Hinweis auf den Datenschutz bekommt der normale Bürger keine konkreten Informationen. Aber wenn ein Name bekannt ist, bekommt unser Spezialist in den meisten Fällen auch die Adresse heraus. Lass mich mal machen."

Robert bekam wider Erwarten sofort eine telefonische Verbindung mit Carolina. Er merkte, dass sie sich über seinen Anruf freute.

Carolina erzählte ihm einige Neuigkeiten von der Schildkrötenfarm und dass sie am bevorstehenden Wochenende einen Besuch bei ihrer Mutter machen würde.

„Ich vermisse dich", sagte sie unvermittelt.

„Ich vermisse dich auch."

Die Verbindung brach mit einem Knacken in der Leitung ab. Trotz eines neuen Versuches von Robert kam keine Verbindung zustande. Nach drei weiteren Anläufen gab er auf.

Er dachte an Imke. Heiligabend hatte sie bei ihren Eltern verbracht. Den ersten Weihnachtstag waren sie gemeinsam zu einer Vorstellung im Deutschen Schauspielhaus gegangen. Den zweiten Weihnachtstag nutzten sie, um einen ausgedehnten Spaziergang am winterlichen Höltigbaum zu machen. Silvester feierten sie zusammen mit Freunden im Ciao Bella ins neue Jahr hinein.

Inzwischen war seine Begeisterung für Imke nicht mehr so groß wie am Anfang ihrer Beziehung. Er meinte auch, etwas wie eine leichte Entfremdung von ihrer Seite festgestellt zu haben. Vielleicht empfand er es auch nur so, weil er es wollte. Er musste mit ihr sprechen. Robert überlegte kurz und griff wieder zu seinem Mobiltelefon. Sie verabredeten sich im Schweinske im Rahlstedt Center. Der Treffpunkt passte ihm sehr gut. Er wollte sich noch in der einige Schritte von dem Lokal entfernten Buchhandlung Heymann ein paar von ihm bestellte Bücher abholen.

Bei einem Steak für Robert und einem großen Salat für Imke war die Stimmung im Schweinske zwischen ihnen harmonisch wie immer. Imke erzählte Robert, dass sie die Adresse seines Großvaters noch nicht hätte.

„Ist nicht wichtig", meinte er. „Ich habe kein Verlangen ihn zu treffen."

Von seinen Telefongesprächen mit Carolina erzählte Robert Imke nichts.

Es war einige Tage später, als Robert seine Wohnungstür aufschließen wollte. Er merkte, dass etwas nicht stimmte. Er war sich sicher, vor dem Verlassen der Wohnung die Tür abgeschlossen zu haben. Eine Beschädigung des Schlosses oder des Türrahmens war auf den ersten Blick nicht zu erkennen.

Nach dem Aufstoßen der Tür sah er ihn. Einen alten Mann. Ein mageres Leichtgewicht in typischer Rentnerkleidung. Beige Jacke, beige Hose und beige Schuhe. Er stand neben dem Buchregal, und in der Hand hielt er das Tagebuch. Für Robert war es damit klar. Es musste sein Großvater sein! Auf dem Fußboden lagen zerstreut einige seiner Bücher. Der Mann war offensichtlich erst nach dem Durchstöbern der Buchregale auf das Tagebuch von Roberts Mutter gestoßen.

Wut stieg in Robert hoch. „Leg das Tagebuch auf den Tisch und verschwinde", herrschte er den Alten an.

„Sieh mal an, mein Herr Enkel", kam es von dem Mann, der keine Schuldgefühle erkennen ließ.

„Der Herr Student von der Bundeswehruniversität. Ausgerechnet beim Klassenfeind studiert er."

Robert war nicht in der Lage, den Eindringling als „Großvater" zu erfassen. Für ihn blieb er einfach „der Mann".

„Du hast es offenbar noch immer nicht begriffen. Deine DDR gibt es schon lange nicht mehr und damit auch keinen Klassenfeind."

„Du weißt doch überhaupt nicht, wie das damals war."

„Nein, ich habe keine Ahnung, was du noch alles für Verbrechen als Staatssicherheits-Offizier begangen hast. Ich habe das Tagebuch meiner Mutter mehrfach gelesen. Es entlarvt dich als ganz gewöhnlichen

Verbrecher. Wie bist du überhaupt in die Wohnung gekommen?"

„Es war eine Kleinigkeit. Als Anfänger meiner Laufbahn beim Staatssicherheitsamt wurde ich auch für gewisse Operationen mit dem Öffnen von Türen vertraut gemacht."

„Operationen nennst du das? Es ist ein ganz gewöhnlicher Einbruch und jetzt soll auch noch Diebstahl dazu kommen. Leg sofort das Tagebuch auf den Tisch."

„Nein, ich gehe jetzt und nehme das Buch mit."

Robert machte zwei Schritte um dem Alten das Tagebuch zu entreißen.

Der Mann griff mit einer schnellen Bewegung seiner freien Hand das im Regal liegende Schneckenhaus, hielt es hoch und schrie mit hoch rotem Kopf: „Keinen Schritt weiter, sonst schlage ich dir den Schädel ein, du verfluchter Saukerl."

Mit einem Schlag hieb Robert dem Alten das Schneckenhaus aus der Hand und griff nach dem Tagebuch in der anderen Hand des Mannes. Doch der hielt fest und nahm jetzt auch die andere Hand zu Hilfe.

Beide zogen. Der Alte jetzt mit blau angelaufenem Kopf. Er musste das ungleiche Duell verlieren. Er verlor es. Und er verlor auch sein Leben.

Ohne einen Laut sackte er plötzlich zusammen. Wie ein nasses Bündel Kleidung lag der magere Mann auf Roberts Wohnzimmerteppich und war tot.

Robert räumte die herumliegenden Bücher, das lädierte Tagebuch seiner Mutter und das Trompetenschneckenhaus ins Regal und rief die 112.

Der Notarzt schrieb den Totenschein und verständigte die Kriminalpolizei.

„Ein normaler Vorgang", sagte er zu Robert, der erstaunt den Anruf verfolgte. Robert kam in Untersuchungshaft. Von dort rief er Imke an, die einen Rechtsanwalt für ihn beauftragte. Zwei Nächte verbrachte Robert in U-Haft.

Am dritten Tag wurde ihm von einem Justiz-Vollzugsbeamten ein Besucher gemeldet. „Ihr Rechtsanwalt ist da."

Doktor Müller-Schotterstein betrat seine Zelle. Es war ein Mann um die 50 Jahre. Die Haare auf seinem Kopf waren straff nach hinten gebürstet. Ein schmaler Schnurrbart verzierte sein feist wirkendes Gesicht mit den schlaffen, etwas hängenden Wangen.

Der Rechtsanwalt kam nach der Begrüßung sofort zur Sache.

„Der Staatsanwalt wird keine Anklage erheben. Es wird also kein Gerichtsverfahren geben. Ein Fremdverschulden war nicht erkennbar. Es liegen deshalb keine Haftgründe vor. Es ist erwiesen, dass Ihr Großvater an Herzproblemen mit deutlich zu hohem Blutdruck litt. Dass der alte Mann mit seinem angegriffenen Gesundheitszustand nach so vielen Jahren das erste Mal seinen Enkel sieht, hat er nicht verkraftet. Die Freude war wohl zu groß. Es tut mir sehr leid."

Doktor Müller-Schotterstein putzte seine Nase. „Sie sind ein freier Mann. Kommen Sie."

Als der Rechtsanwalt und sein Mandant das Untersuchungsgefängnis verließen, gab es für Robert eine große Überraschung. Er konnte kaum glauben, was er sah. Zwei Frauen erwarteten ihn.

Imke und Carolina standen vor ihm.

Jetzt musste er Farbe bekennen und eine Entscheidung treffen.

Carolina oder Imke?

Seine Entscheidung stand fest.

Es geschah im Wandsbeker Gehölz, BoD ISBN 978-3-7392-6203-1

Ein Krimi, der in der „Besseren Gesellschaft" Marienthals spielt. Die Mitglieder eines Wandsbeker Tennisvereins unternehmen eine Wanderung durch das Watt der Nordsee. Die Tour entwickelt sich zu einem Drama. Die Männer werden auf einer Sandbank von der Flut überrascht. Einer der Tennisfreunde versucht ans Ufer zu schwimmen und bleibt verschollen. Werden die elf anderen gerettet? Und dann passieren grauenhafte Morde im Wandsbeker Gehölz. Wer ist der Mörder? Ist er von der Kripo unter den Überlebenden zu suchen, oder wird einer von ihnen das nächste Opfer? Ist es ein Nachkomme von Sklavenhändlern oder der Sammler von Raubkunst aus der NS-Zeit der Täter. Viele Rätsel in einem spannenden Krimi mit einem überraschenden Ende.

Was geschah auf dem Priwall?, BoD ISBN 978-3-7357-3326-9

Nach dem Fund von mehreren Mordopfern steht die Kripo vor einem Rätsel. Ist doch etwas dran an den Gerüchten, die sich immer wieder um das Tunnelsystem unter dem Priwall ranken und sei Jahrzehnten die Medien beschäftigen? Über einen Bandenkrieg zwischen russischen Waffenschiebern und Neonazis aus Litauen führt die Spur nach Travemünde in die unterirdischen Gänge des Priwall. Die Kriminalpolizei ermittelt in einem spannenden Kriminalroman, der sie in die Sympathie-Szene des National-Sozialistischen Untergrunds führt.

Mord & Totschlag, Kurzkrimis vom Feinsten BoD ISBN 978-3-7392-7210-8

Am 3. Mai 1945 geschah in der Lübecker Bucht eine der größten Schiffskatastrophen. Über 7.500 Menschen mussten sterben. Das ist der Ausgangspunkt, den der Autor zum Hintergrund seines in der Jetztzeit in Lübeck, Travemünde, Scharbeutz und Neustadt spielenden Politkrimis machte. Ein bestialischer Serientäter, eine sehr neugierige Schnüfflerin in der Nachbarschaft, ein überflüssiger Ehemann, ein Rachefeldzug durch Schleswig-Holstein und der Wolfskrimi „Lichtenmoor". Wolf oder eine Bestie in Menschengestalt, wer ist für die grausamen Morde verantwortlich? In Hans Garbadens Kriminalerzählungen geht es blutig zu. Und am Ende kommt es stets anders, als man denkt